PARENTS

EN POSITION DE LUTTE POUR SURVIVRE

FIRST
ÉDITIONS

Merci à Jade, à Charline, à Giulian, à Magali, à Pascal, à Lyly et à Andrea d'avoir eu la gentillesse de nous prêter leurs accessoires et leurs jouets le temps du shooting photo.

Merci à Audrey et à sa famille de nous avoir fait profiter de leur si jolie maison le temps du shooting photo.

Merci à Marie-Audrey de s'être prêtée au jeu de la photo.

ISBN : 978-2-412-06795-6
Dépôt légal : septembre 2021
Première édition.
Imprimé en France par I.M.E. en juillet 2021.

Édition : Marie Tourat
Correction : Annie Rage
Mise en pages et création graphique : Amstramgram
Photo de couverture et p. 2, 3, 5, 6, 7, 10, 15, 21, 25, 32, 33, 34, 35, 47, 49, 51, 54, 55, 58, 64, 65, 74, 76, 83, 88, 92, 93, 94 : Martin Lagardère
Photo p. 40-41 : archives personnelles de Papa Chouch

Avertissement : certains contenus ont été initialement publiés dans *On ne choisit pas ses enfants* et dans *Quand est-ce qu'on arrive ?*, précédemment édités aux éditions Jungle.

Éditions First, un département d'Édi8
92, avenue de France
75 013 Paris – France
Tél. : 01 44 16 09 00
Fax : 01 44 16 09 01
E-mail : firstinfo@efirst.com
Site Internet : www.editionsfirst.fr

PARENTS

EN POSITION DE LUTTE POUR SURVIVRE

ÉCRIT PAR
PAPA CHOUCH

FIRST
ÉDITIONS

SOMMAIRE

Bienvenue dans votre nouveau livre-magazine parental !

Après des mois de travail, on est fiers de vous présenter *Parents en Position de Lutte pour Survivre*.

C'est une équipe fantastique qui l'a réalisé (en fait, juste moi car on n'avait pas de budget) avec des moyens incroyables (certaines photos ont même été prises avec mon smartphone). Vous y trouverez des interviews de haut niveau (tout est faux, en vrai) et des idées hyper originales (ça, c'est vrai : vous ne lirez nulle part ailleurs des infos comme ça !). Bref, autant d'articles pour mieux vivre votre vie de parent car on ne va pas se mentir, autant on aime nos enfants, autant parfois on aimerait les revendre au plus offrant sans garantie de reprise.

Belle découverte à vous et que le sort puisse vous être favorable !

Conseils pour lire tranquillement ce livre

Encore merci d'avoir pris la décision de vous offrir ce livre-magazine. Cela faisait longtemps que vous n'aviez pas pensé à vous.

Pour profiter au mieux de cette saine lecture et bénéficier d'une expérience agréable, voici quelques conseils à suivre :

– On sait d'avance que ce livre finira dans les toilettes ! On connaît trop bien la vie de famille pour savoir que c'est le seul endroit où vous avez quelques minutes pour lire. Prenez les précautions qui s'imposent. Tout d'abord, ne dites à personne que vous vous rendez aux toilettes ; ceci vous laissera quelques minutes de répit. Oh, bien entendu, vous allez sûrement entendre : « Maman ! Papa ! Tu es oùùùùùùùùùùùùùù ? » Ne répondez SURTOUT pas. Laissez vos enfants vous chercher. Ne faiblissez pas. Selon nos calculs, vous devriez avoir terminé le livre dans trois semaines, au rythme de quelques minutes d'échappatoire par jour.

– Ça ne marche pas ? Proposez à votre moitié et aux enfants de partir en promenade car vous devez absolument faire le ménage. C'est vrai, quoi, ce n'est plus possible de vivre dans une maison aussi mal rangée ! Soyez sûr qu'ils ne se feront pas prier. Dès qu'ils sont sortis, attendez trois minutes (vous savez qu'il est possible qu'ils aient oublié quelque chose : doudou, eau, un enfant). Une fois ce temps de sécurité écoulé, installez-vous confortablement dans le canapé et passez un super moment ! Quand ils rentreront et constateront que le ménage n'est pas fait, prétextez un appel important de vos parents qui vous ont tenu la jambe pendant deux heures.

– En quête d'une solution (plus radicale) ? Envoyez vos enfants chez leurs grands-parents le temps d'un week-end ! De votre côté, vous aviez planifié plein de choses mais vous êtes tellement épuisé que vous allez passer du canapé au lit, et réciproquement. Alors, sortez le livre et dévorez-le à deux ! Vous allez rire, vous allez vous rappeler combien vos enfants ne vous manquent pas et, après tous ces moments de rigolade, vous nous remercierez quand votre moitié vous regardera avec une lueur de désir. Et hop, c'est parti pour la fiesta !

– Si aucune de ces idées ne fonctionne, il reste encore une solution. Nous avons glissé dans le livre des jeux pour les enfants. Sauf que ces jeux n'ont pas de solutions. Oui, c'est moche, mais cela nous faisait beaucoup marrer. Vous pouvez donner les pages de jeux aux enfants en leur demandant de revenir vous voir quand tout sera terminé. Hop, trente minutes de tranquillité. On dit : « Merci qui ? » Euh, non, laissez tomber…

On sait que vous allez réussir à le lire ! Pas en une seule fois, mais on a confiance en vous !

L'ÉQUIPE DE *PARENTS EN PLS*

(En fait, c'est juste Papa Chouch car j'ai écrit tout le livre, mais c'est mieux de faire croire qu'on est des dizaines de journalistes, ça fait plus pro.)

HUIT CHOSES À SAVOIR AVANT D'AVOIR UN ENFANT

(ET QUI POURRAIENT BIEN VOUS FAIRE PASSER L'ENVIE...)

1 Les toilettes

Vous êtes pudique ? Vous avez besoin d'intimité ? On le comprend, mais cette époque est malheureusement révolue ! Dorénavant vous aurez à vos côtés un petit être dévoué, toujours prêt à discuter avec vous quand vous êtes aux toilettes, derrière la porte en train d'essayer désespérément de l'ouvrir (et de pleurer, s'il n'y arrive pas), voire, pour les plus audacieux, confortablement installé sur vos genoux !

N'hésitez donc pas à rentabiliser la présence de votre enfant en lui demandant de vous tendre une feuille de papier toilette, même s'il est probable qu'il soit occupé à dérouler le rouleau dans son intégralité.

2 Les nuits

C'est le changement le plus dur de la vie de parents ! La nuit et le jour se confondent car le parent dort uniquement quand son enfant l'y autorise. Vous pouvez donc vous retrouver réveillé à 3 heures du matin et à faire la sieste à 17 heures pour vous réveiller décalqué, un filet de bave et la marque de la télécommande imprimée sur votre joue. Déstabilisant au début, mais, rassurez-vous, au bout de sept ans on commence à s'habituer…

3 Les repas

Vous avez le sens de la personne et avez toujours voulu devenir serveur(se) ? C'est enfin possible grâce à vos enfants ! « Passe-moi la mayonnaise ! », « Je peux avoir un verre d'eau ? », « Mais je t'avais dit que je voulais le yaourt à la framboiseeeeuh ! » Vous passerez vos repas au garde-à-vous et quand vous aurez enfin réussi à vous asseoir, ils se mettront à courir autour de la table comme des Indiens autour d'un feu !

4 Le bruit

Le silence est un luxe que vous apprécierez tellement il est rare. Certains rêvent d'avoir une villa sur la Côte d'Azur, vous, votre seul rêve c'est de savourer cinq minutes de silence total. Les enfants ont cette capacité incroyable de raconter tout le temps des choses que l'on ne comprend pas. Le pire, c'est que si vous ne pigez pas, ils s'énervent, ils trépignent. Ce n'est quand même pas votre faute si vous ne captez pas que « Dou bit Chou » veut dire « Donne-moi mon doudou, maman d'amour » !

Pourquoi n'y a-t-il pas bébé en langue vivante 2 ?

5

Les discussions entre amis

« Alors, tu en as pensé quoi, du dernier livre de Franck Passat ? » Cette question innocemment lancée par votre ami qui n'a pas d'enfant vous fait exploser de rire ! Le dernier livre que vous avez lu, c'était *Oui-Oui fait caca sur le pot*, autant dire que le dernier livre à la mode, vous ne saviez même pas qu'il existait.

Mais le plus fou est que cette discussion, somme toute anodine, est entrecoupée toutes les vingt secondes par vos enfants surexcités. Votre ami contemple la scène d'un air mi-amusé, mi-terrifié : il n'est pas prêt...

6

Les passe-temps

Les passe-temps changent quand on a des enfants, c'est normal. Mais vous n'auriez pas imaginé un jour que votre cours de zumba serait remplacé par une course-poursuite derrière votre fille qui, du haut de ses 3 ans, tente une sortie du parc 0-3 ans pour tester le grand toboggan qui fait des loopings. Ou bien que votre séance de cinéma hebdomadaire se réduirait à visionner l'intégrale de *L'Âne Trotro* à 6 h 15 un samedi.

Vous me direz, on reste dans le secteur des loisirs, hein, mais le contenu a légèrement changé.

7

Les ami(e)s

À votre mariage il y avait 150 invités. Au baptême du petit dernier, il n'en reste plus que 20. Alors, non, une épidémie de gastro n'a pas frappé vos proches récemment, vous êtes juste en train de vérifier l'équation selon laquelle plus on a d'enfants, moins on a d'amis susceptibles de squatter le banc d'une église un dimanche à 9 heures. Ceux qui restent, par contre, vous pourrez les garder jusqu'à la mort. Avoir des enfants est un moyen efficace de faire le tri entre amis et connaissances.

8

La sortie au restaurant

Avant, vous passiez un bon quart d'heure à comparer les menus de ce petit resto romantique qui vous faisait de l'œil.

Maintenant, pour choisir un restaurant, vous retenez trois critères essentiels à vos yeux (cernés) de parent : y a-t-il un menu enfant ? Ont-ils une chaise haute ? Reste-t-il une place au fond de la salle pour ne pas trop déranger les autres ? Si vous répondez par « oui » à au moins deux de ces questions, c'est le bon resto !

Vous, vous mangerez ce que vous pourrez et si le menu du jour propose de la cervelle de veau à la sauce épicée, vous le prendrez avec philosophie car « il faut toujours goûter avant de dire qu'on n'aime pas ! »

LA VOITURE IDÉALE QUAND ON A DES ENFANTS

Avoir des enfants entraîne forcément un bouleversement logistique, aussi le choix de la BONNE voiture s'avère-t-il essentiel. Voici donc les aspects à prendre en compte avant cet achat.

Le coffre

Il doit être spacieux. En effet, il est bien loin le temps où vous pouviez improviser un week-end en amoureux avec juste une petite valise. Maintenant vous emmenez toujours cette petite valise mais il y aura accessoirement cinq ou six malles aussi encombrantes qu'un éléphant à caser.

Avec un nouveau-né, nous recommandons un coffre d'au moins 800 m^3 pour y glisser deux grosses valises remplies de couches, d'affaires pour s'il fait chaud, d'affaires pour s'il fait froid, d'affaires pour s'il vomit, d'affaires pour s'il voit mamie et doit se faire trop beau, mais aussi de gigoteuses, bavoirs, trousse de toilette, biberons, lait, veilleuse, sans oublier un doudou de rechange car il va sûrement perdre le sien lors de la première pause sur l'aire d'autoroute. Épargnez-vous un aller-retour fastidieux qui allongerait le trajet de quatre heures.

N'oubliez pas de faire un peu de place pour la poussette et le lit parapluie, plus communément appelé « Welcome to Hell ». Vous manquez de place ? Investissez dans un superbe coffre de toit ! Oui, oui, celui qui fout trop la honte quand on a 10 ans et qu'on part en vacances avec ses parents car il est MÉGA moche ! Vous l'aurez, et même, vous en serez fier !

Les sièges en cuir

C'est le must have de la voiture parentale !

Alors ce n'est sûrement pas pour se la raconter mais, lorsque votre enfant vomira (et on vous assure qu'un jour il vomira), vous gagnerez un temps précieux au nettoyage. Lors de l'essai de la voiture chez le concessionnaire, n'hésitez donc pas à renverser quelques litres de lait sur les sièges pour voir comment ils réagissent. Si le lait s'enlève facilement avec une lingette, c'est validé.

Vitre teintée ou pare-soleil ?

Notre équipe penche nettement pour les vitres teintées, certes plus chères à l'achat. Mais honnêtement, tous les moyens sont bons pour éviter d'installer un pare-soleil *Reine des neiges* ou *Pat'Patrouille* que votre enfant essayera immanquablement de décrocher pour jouer avec. Ce sera sûrement l'un des meilleurs investissements de votre vie : la police du bon goût vous remercie d'avance !

Les rangements

Il est recommandé d'opter pour une voiture pourvue de nombreux rangements. En effet, vous serez contraint de transporter de nombreuses choses dans la voiture afin que vos longs trajets ne se transforment pas en « Voyage au bout de l'enfer ». Casez astucieusement jouets, jeux, tablettes, goûter, musique, doudous, sacs à vomi.

Certaines voitures proposent de petits espaces de rangement à côté du conducteur : un vrai plus pour y stocker des boules Quies ! À enfoncer dans vos oreilles quand vos enfants entonneront pour la 73e fois *Une souris verte* ou bien *Y a pas moyen Djadja* d'Aya Nakamura. (Eh oui, la sélection musicale dépend de l'âge de vos enfants, mais, dans tous les cas, elle fait mal !)

Les vitres arrière

De plus en plus de vitres arrière sont commandées à l'avant mais il existe encore des modèles laissant la possibilité aux enfants de jouer avec les vitres arrière. Alors oui, c'est rigolo de remonter la vitre pour la lécher ou de sortir sa tête par la fenêtre pour faire comme Mojito le chien qui prend l'air, mais pour des raisons évidentes d'hygiène et de tranquillité d'esprit, nous vous recommandons l'option contrôle parental.

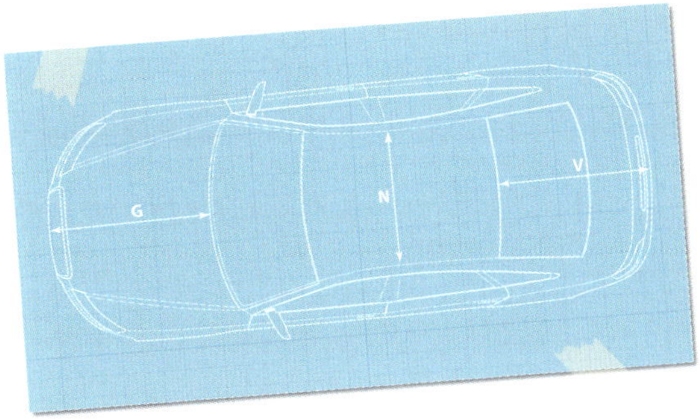

L'espace entre les sièges avant et arrière

Nous vous recommandons un espace inférieur à 73 centimètres. Pourquoi cette mesure aussi précise ? Tout simplement parce que si cet espace était plus important, il serait impossible au passager avant de se contorsionner pour ramasser TOUT ce que les enfants feront inévitablement tomber par terre.

On pense au doudou, bien sûr, mais aussi au dernier morceau de gâteau réclamé à cor et à cri par votre progéniture affamée ou, pire, au jouet musical inarrêtable. En effet, une heure en compagnie de : « Oui-Oui (Oui-Oui) / Est si fier de sa belle voiture jaune et rouge / Oui-Oui (Oui-Oui) », c'est long, trèèèèèèèèèèèèèèèèèèèèèèèès long.

Trois ou cinq portes, telle est la question

Vous pouvez être tenté d'investir dans une voiture trois portes pour faire des économies car la voiture cinq portes représente un sacré budget. C'est un trèèèèèès mauvais calcul ! Lors de nos tests, il a été démontré qu'un parent sur deux finissait avec un lumbago ! Attacher son enfant dans le siège auto d'une trois portes est synonyme de posture précaire et de torsions impossibles à réaliser (sauf, peut-être, si vous êtes contorsionniste dans un cirque). Vous serez condamné à souscrire un abonnement premium chez l'ostéopathe. Investissez plus, mais réduisez vos souffrances !

Papa Chouch

ATTESTATION DE SORTIE PARENTALE

Nom :

Prénom :

Demeurant :

Né(e) le :

À :

Je certifie que mon déplacement est lié au motif suivant (cocher la case) autorisé en application des mesures générales nécessaires pour faire face à l'épidémie de Covid19, dont la fin est prévue en 2027, dans le cadre de l'état d'urgence sanitaire :

Choisissez un motif de déplacement :

☐ Déplacement pour souffler cinq minutes car mes enfants me demandent pour la cinquantième fois où se trouvent leurs crayons de couleur alors qu'ils sont juste sous leurs yeux ! C'est fou, on dirait leur père !

☐ Déplacement pour éviter de trucider mon/ma conjoint(e) car il/elle vient de se plaindre qu'il/elle est crevé(e) de sa journée au boulot alors que je viens présentement de passer dix heures avec deux enfants en télétravail.

☐ Déplacement pour des consultations et soins ne pouvant être assurés à distance, du type « je suis enceinte et je dois vérifier si mon col est toujours à 10. Ben oui, il faut avouer qu'en visio, ce n'est pas vraiment pratique », et ne pouvant être différé ou pour l'achat de produits de santé.

☐ Déplacement de courte durée pour faire une pause car, avec un chat et trois enfants, ma santé mentale est en jeu.

☐ Déplacement pour se procurer des préservatifs et ainsi vivre un confinement peinard devant Netflix avec un pot de glace et sans enfant à venir.

☐ Déplacement bref, dans un rayon maximal d'un kilomètre autour du domicile, pour les besoins des animaux de compagnie (chiens du voisin, chats, enfants surexcités dopés aux boissons gazeuses qui ne veulent pas dormir).

☐ Déplacement pour motif familial impérieux, pour l'assistance aux personnes vulnérables ou précaires ou pour la garde d'enfants. SVP, les grands-parents, venez nous SAUVER !

LE LIVRE
LE PLUS LU
AUX TOILETTES !
Guillaume
MALODO
La vie secrète
des parents

MON ENFANT EST-IL À HAUT POTENTIEL (OU JUSTE PÉNIBLE) ?

Face à un enfant à haut potentiel, on est toujours un peu inquiet surtout quand l'enfant en question vous tend les devoirs qu'il vient de finir, à savoir la démonstration du théorème de Pythagore. Vous, ce genre de théorème vous fait plutôt transpirer, car, dans votre cerveau, Pythagore se la coule douce sur une île avec le carré de l'hypoténuse. Soudain, un doute vous assaille : votre enfant serait-il à haut potentiel ?

Sachez repérer les indices qui confirment que, non, votre enfant n'est pas surdoué. Ouf, vous avez eu chaud, n'est-ce pas ?

1. Votre enfant a marché un peu avant ses 10 mois.

Vous vous êtes interrogé car c'est tout de même précoce, puis vous avez commencé à vous sentir rassuré quand il a mis plus de quatre ans avant de prononcer correctement le nom de son doudou : Dindon le dindon. Vous l'avez été complètement le jour où, à la boulangerie, il a répété en boucle « Dindon-Dindon-Dindon » en montrant les fesses de la dame dans la file d'attente. Et en vous mettant une honte intersidérale par la même occasion.

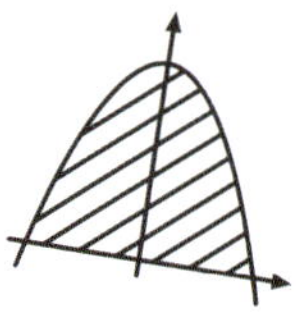

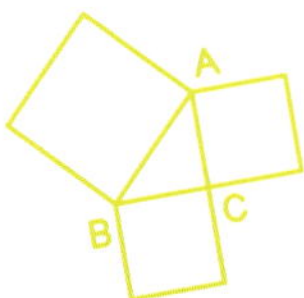

2. À 2 ans, votre enfant a commencé à lire tout seul.

Inquiet, vous l'avez vu prendre un livre et le déchiffrer sans aucune difficulté, avant de découvrir qu'il récitait par cœur l'album que vous lui lisiez depuis sa naissance. Par acquit de conscience, vous lui avez tout de même demandé de déchiffrer l'étiquette du pot de moutarde. Quand il a répondu avec malice : « Truc qui pique », vos doutes se sont envolés.

3. Vers 4 ans, votre enfant s'est mis à poser des questions débutant toutes par « pourquoi » : « Pourquoi papa fait des prouts quand il dort ? », « Pourquoi ma petite sœur ressemble à Gollum ? »

La curiosité est l'une des caractéristiques des enfants à haut potentiel mais, finalement, ce qui amusait le vôtre, c'était surtout de vous rendre chèvre, pas d'écouter vos tentatives de justification un peu bredouillantes pour expliquer « Pourquoi mamie sent le pipi ? »

4. Vous avez noté ses extraordinaires capacités de mémorisation.

Puis vous avez compris que cette compétence hors norme était mise à profit pour retenir les paroles des chansons de Wejdene ou le nom des participants de *La Villa des cœurs brisés*. Par contre, quand il s'agit de sortir la table de 8 par cœur, il n'y a plus personne, hein.

5. Les enfants à haut potentiel ont un sens de l'humour plus développé que les autres.

Comme vous êtes vous-même le petit rigolo de la famille, vous avez craint de lui avoir transmis votre don.
C'est quand vous avez commencé à faire des jeux de mots qui demandaient un peu de réflexion et que vous avez croisé son regard vide comme un merlan échoué sur la plage du Havre, que vous avez compris que ce gène avait sûrement sauté une génération.

(Ah voilà, vous prenez n'importe qui, vous lui glissez une paire de lunettes à la main, et ça lui donne tout de suite un air intelligent alors qu'en fait, non).

6. L'esprit de contradiction et le refus d'obéir aux règles sont typiques des enfants précoces.

Quand, trois jours de suite, le vôtre a refusé de se laver, vous avez tenté de prendre cette nouvelle résolution avec philosophie. Ce n'est que quelques jours plus tard que vous vous êtes finalement rendu à l'évidence : son seul potentiel, c'est d'infecter une pièce de 12 m² en moins de dix secondes grâce à l'odeur nauséabonde de ses pieds ! Allez zou, à la douche !

7. Chaque fois qu'il rentrait de l'école, il affirmait que les devoirs, c'est trop fastoche

Voulant lui faire confiance, vous l'avez cru. Puis, un jour, au détour du rayon serviettes hygiéniques, vous avez croisé sa professeure qui vous a demandé quand vous alliez enfin lui acheter un cahier de textes pour qu'il puisse marquer ses devoirs. Depuis, vous passez deux heures chaque soir à faire les devoirs avec lui. Vous regretteriez presque de lui avoir acheté ce fichu cahier de textes.

8. Suite aux conseils de mamie qui le trouvait très en avance, vous avez accepté de tester l'intelligence de votre enfant.

Les résultats ont été surprenants : non seulement il n'est pas en avance, mais il est même dans la norme. « Impossible ! » a éructé mamie, qui a demandé qu'il repasse le test. Même résultat. Elle a donc décidé de faire elle-même le test pour en avoir le cœur net. Bizarrement, depuis, vous n'avez plus aucune nouvelle d'elle ni du test.

Vous pensez que votre enfant est à haut potentiel ? En réalité, on estime que seuls 2,3 % des 16 millions d'enfants âgés de 0 à 19 ans le sont en France. Cela dit, si vous avez un doute, faites-le tester.

Ne soyez simplement pas surpris s'il ne l'est pas : on vous rappelle que les chiens ne font pas des chats.

RAPIDO TEST

VÉRIFIEZ EN MOINS D'UNE MINUTE SI VOTRE ENFANT EST COMME LES AUTRES :

☐ Il vous réveille la nuit.

☐ Il parle fort.

☐ Il ne marche pas, il court.

☐ Il s'enthousiasme quand il voit un papillon.

☐ Il ne veut pas se doucher puis refuse de sortir.

☐ Il se bagarre avec son frère ou sa sœur.

☐ Il commence ses phrases par « Bah en fait » et c'est parti pour deux heures d'histoires non-stop.

☐ Il fait des câlins mais pas trop longtemps.

☐ Il veut un animal mais ne s'en occupera pas malgré ses promesses.

☐ Il ne sait pas à quoi jouer et s'ennuie malgré une salle de jeux digne d'un magasin de jouets.

☐ Il veut la tablette, le téléphone ou la télévision (ou les trois) et râle si vous dites non.

**Si vous avez coché au moins cinq cases, c'est que tout va bien !
Si vous en avez coché moins de cinq, donnez-nous votre secret !**

VÉRIFIEZ EN MOINS D'UNE MINUTE SI VOUS ÊTES COMME LES AUTRES PARENTS :

- ☐ Vous criez « Arrêtez de crier ».
- ☐ Vous faites ce test dans les toilettes (seul espace de semi-liberté accordée).
- ☐ Vous êtes fatigué.
- ☐ Vous voulez partir sans vos enfants mais dès qu'ils sont absents, vous ne pensez qu'à eux.
- ☐ Vous avez un groupe WhatsApp avec des amis dans lequel vous vous lâchez.
- ☐ Vous avez fait des pâtes il y a moins de quatre jours.
- ☐ Vous mettez un dessin animé pour vous reposer et leur faites croire que c'est « pour leur faire plaisir ! »
- ☐ Vous allez faire du shopping pour vous et ne revenez qu'avec des affaires pour eux.
- ☐ Vous avez exactement trois minutes de repos par jour, le temps de prendre une douche, et encore...
- ☐ Vous allez regretter quand ils seront grands car, malgré tout, ce sont de superbes souvenirs.
- ☐ Vous vous êtes endormi devant la télé alors que vous aviez promis à votre moitié de regarder le film jusqu'au bout.

Si vous avez coché au moins cinq cases, c'est que tout va bien !
Si vous en avez coché moins de cinq, donnez-nous votre secret !

LES TOURS DE MANÈGE : APPRENEZ À REN-TA-BI-LI-SER !

Les tours de manège sont l'une des activités préférées des enfants… mais aussi l'une des plus chères pour les parents. Un tour de manège se paye environ 2 euros, soit la somme colossale de 242 euros par enfant et par an selon l'INSEE. Avec cette somme astronomique, vous auriez pu partir en week-end romantique et boire des apéros à gogo.

La plupart des manèges proposent d'attraper la queue du Mickey et de gagner ainsi un tour gratuit. Nous vous invitons à entraîner vos enfants pour faire des économies. N'oubliez jamais : un tour gratuit, c'est une glace en plus pour vous.

Tout d'abord, il faut éviter les erreurs de débutant :

- Choisissez toujours un manège qui propose des tours gratuits.
- Si vous avez deux enfants, ne les mettez jamais en même temps sur le manège : il n'y a qu'une queue du Mickey, vous serez donc forcément perdant. Installez-les à tour de rôle pour multiplier vos chances.
- Manipulez votre enfant pour qu'il choisisse un véhicule qui lui permette d'accéder facilement à la queue du Mickey – privilégiez les objets volants et décapotés, la voiture avec un toit est l'ennemi à bannir.
- Placez-le à côté d'un plus petit que lui afin qu'il obtienne un avantage grâce à son gabarit.

Une fois le manège en route, ne regardez jamais votre enfant mais restez focalisé sur la personne qui va activer la queue du Mickey. La victoire se joue sur des détails, ne l'oubliez jamais !

Quand cette personne agite la queue du Mickey :

- Poussez un cri strident pour alerter votre enfant.
- Encouragez-le à chaque passage en lui donnant des conseils précis : « Utilise tes deux mains », « Lève-toi ! » (même si c'est interdit), « Anticipe les mouvements de la queue du Mickey », « Ne fais qu'un avec ton objectif ».
- Démontrez votre motivation commune et sans faille au responsable du manège.

Évidemment, il est plutôt recommandé de s'entraîner à la maison avant de passer à l'action. Le mieux est de faire des simulations dans votre salon avec une serpillière et votre enfant sur son vélo.

Résultat final

VOTRE ENFANT A ATTRAPÉ LA QUEUE DU MICKEY !

Félicitations ! Soyez modeste, faites un tour d'honneur pour remercier le public, allez récupérer le ticket et recommencez la même stratégie.

VOTRE ENFANT NE L'A PAS ATTRAPÉE.

Commencez par faire un scandale en expliquant que c'est toujours les mêmes qui l'ont et jamais votre enfant. Menacez le responsable du manège de porter plainte pour discrimination. Cela devrait suffire pour obtenir un tour gratuit.

STRATÉGIE POUR LES NULS

Soudoyez le responsable du manège, proposez-lui de payer la moitié du prix du ticket offert pour qu'il donne la queue du Mickey à votre enfant. Vous y gagnez en payant un tour à moitié prix mais aussi en valorisant votre enfant.

De son côté, le marchand y gagne en n'offrant pas de tour totalement gratuit. Fourbe mais efficace !

Si les tours de manège sont évidemment l'une des attractions à rentabiliser, il en existe d'autres à ne pas négliger.

Les tours en poney : N'hésitez pas à dire que vous vous êtes perdus à cause du poney qui n'en faisait qu'à sa tête pour justifier un tour qui aura duré une heure (au lieu des dix minutes réglementaires).

Si vous êtes malin, vous pouvez même menacer de porter plainte pour mise en danger de la vie d'autrui et obtenir un remboursement !

La pêche au canard : L'une des seules activités adaptées pour les plus jeunes enfants, mais aussi un gouffre financier. Pour décrocher un super cadeau, n'hésitez pas à voler les canards des autres enfants afin de gonfler votre panier : vous obtiendrez ainsi un cadeau d'une valeur plus importante !

MAMAN CHOUCH TOMBE LE MASQUE

ENFIN, PRESQUE !

En exclusivité mondiale, nous avons eu la chance d'interviewer Maman Chouch, la compagne de Papa Chouch. Elle nous dévoile un peu plus sa vie auprès du papa le plus drôle du Net – enfin, c'est ce qu'il raconte…

Bonjour, Maman Chouch, nous sommes très heureux que vous nous accordiez cet entretien. Nos lecteurs sont tellement avides de connaître votre histoire ! Comment avez-vous rencontré Papa Chouch ?

Alors, déjà, je n'ai jamais rencontré Papa Chouch. Quand j'ai rencontré Olivier, il n'était ni Papa ni Chouch. Il cherchait désespérément une femme qui accepterait de partager sa vie et de devenir la mère de ses enfants, et il a fallu que ça tombe sur moi ! Quand il a commencé à m'appeler « Chouchou », je lui ai demandé si c'était une blague, et je me suis mise à l'appeler « Chouch » pour l'embêter… et c'est resté. Depuis, on s'appelle toujours « Chouch » au quotidien ! C'est drôle, d'ailleurs : quand je crie « Chouch » dans la rue, parfois des personnes se retournent et me demandent si c'est bien lui.

A-t-il galéré pour vous charmer car, franchement, il n'est pas hyper séduisant quand on le regarde de près, alors que vous êtes une femme magnifique ?

Attendez, Papa Chouch vous a payés, c'est ça ? Olivier, je te préviens, hors de question que j'organise toute seule la soirée pyjama de Maé. Mais oui, il a galéré, je ne suis pas une fille facile ! Et je pense que j'étais moins prête que lui à me poser. Mais il a sorti ses rames, sa gentillesse et ses blagues ! Il m'a acceptée sans chercher à me changer, et je crois que c'est ça qui m'a vraiment séduite.

On a l'impression qu'il s'implique beaucoup dans la vie quotidienne (faire une machine, préparer le repas, passer l'aspirateur). N'en rajoute-t-il pas un peu pour se faire bien voir ?

Il fait tout… ! Enfin tout ce qui ne nécessite pas de chercher quelque chose. Le jour où il m'a dit : « Qu'est-ce que tu ferais sans moi ? », j'ai répondu : « Je mourrais de faim. » Par contre, tout ce qui sort de la routine, c'est moi. Heureusement que je suis là pour tenir son agenda, organiser le planning des enfants et préparer les menus. Alors, oui, il cuisine, mais il faut prévoir les ingrédients et sortir la recette pour espérer manger autre chose qu'une pizza deux fromages. Il habille aussi les enfants, avec des vêtements à la bonne taille, qui arrivent comme par magie pliés dans le placard. J'évite aussi de compter sur lui pour planter un clou, se souvenir du nom des médicaments, des dates des rappels des vaccins ou d'inscription à la cantine, du contrôle technique de la voiture ou encore de la date d'anniversaire de sa mère ! Dire qu'au bout de quatre ans, il ne connaît toujours pas le digicode de notre immeuble…
Bref, il est très bon dans tout ce que je lui demande de faire !

On pourrait vous demander de lister ses qualités, mais cela nous intéresse assez peu, à vrai dire. Nous, ce qu'on veut, ce sont des ragots croustillants ! Alors, racontez-nous : quels sont ses défauts ? A-t-il d'insupportables manies ?!

Il est accro à son smartphone (mais je ne suis pas forcément la mieux placée pour juger !), il a très peu de patience (là, par contre, heureusement que j'en ai suffisamment pour deux)… et il ne trouverait pas un gorille dans un groupe de pingouins. Il grogne quand il a faim et je dois lui jeter un bout de saumon pour le calmer (c'est qu'il a des goûts de luxe depuis qu'il est connu).

Papa Chouch est suivi sur les réseaux sociaux par des milliers de femmes. N'avez-vous pas peur que le succès lui monte à la tête ?

À un moment, j'avais un peu cette peur, surtout au début, quand le nombre de fans explosait de jour en jour… mais finalement, cela fait déjà quelque temps qu'on le reconnaît dans la rue et il n'a pas changé pour autant : il continue à chanter toujours aussi faux sous la douche ou à traîner en charentaises dans le salon, je ne suis donc plus vraiment inquiète. Et je sais que toutes ces femmes sont fans de l'image qu'il renvoie, pas de la personne avec qui je partage vraiment ma vie (je fais une vraie différence entre le Papa Chouch public et mon Chouch à moi…). Enfin, il sait qu'il peut compter sur moi pour l'empêcher de se prendre pour une star.

Pour de vrai, il est marrant, Papa Chouch, ou c'est vous qui êtes finalement derrière toutes ses publications humoristiques ?

Si je vous dis la vérité, il va vraiment m'en vouloir et… qui va faire mes lessives s'il se met en grève ? En vrai, il est marrant mais je le suis encore plus.

Une dernière chose à ajouter pour nos fidèles lecteurs/lectrices ?

N'oubliez jamais que derrière chaque Papa Chouch, il y a une Maman Chouch qui veille au grain !

LES PHRASES HORRIBLES DE NOS ENFANTS

Voici les petits mots doux de nos enfants que vous nous avez envoyés. On les partage avec plaisir, et sachez que tout est vrai – c'est ce qui est le plus flippant.

Ma fille était en maternelle, et nous étions à l'heure à l'école. Je nous félicite pour une fois de ne pas être à la bourre ! Du haut de ses 4 ans, elle regarde sa maîtresse et lui dit avec beaucoup de fierté : « T'as vu, maîtresse, ce matin maman est pas bourrée. » Énorme instant de solitude…

De Maéva

« Quand papa s'en va, maman, elle, va chez le voisin. » Parce que je venais de papoter avec le voisin alors que mon mari était au travail…

D'Ambre

Mon fils de 3 ans regarde les pages des sous-vêtements dans le catalogue La Redoute. Sa grand-mère lui demande : « Que regardes-tu ? » Mon fils lui répond : « Je regarde pour commander une nouvelle maman. »

De Céline

Je dis à ma fille de 3 ans : « Ma chérie, donne-moi ta main, tu vas te faire écraser ! » Elle me répond avec un petit sourire : « Hé oui… et après ça va tacher tes belles chaussures ! » J'étais choquée.

De Mathilde

« Maman, quand tu seras morte, genre demain, est-ce que je pourrai jouer tout le temps à la Switch ? » J'ai eu un peu peur pour ma nuit, sur le coup.

De Julie

Ma fille de 4 ans, en regardant Raiponce : « Si ça se trouve, t'es pas ma vraie maman mais une méchante sorcière qui m'a enlevée. »

D'Aline

Un soir à la sortie de l'école, je me trouve à côté d'une jeune maman hyper canon. Les enfants sortent sur le trottoir, et là, j'entends mon fils, l'amour de ma vie, la prunelle de mes yeux, dire à son copain : « Tu vois la belle ? Ben, ma mère, c'est l'autre. »

De Martine

La nounou demande à ma fille ce qu'elle a fait ce week-end. Elle lui répond : « Rien, car papa, y picole »… (Elle voulait dire « bricole » !!)

De Melie

On se prépare pour aller à l'école. Moi : « Dépêche-toi, j'ai pas envie de courir ! » Elle : « Ça te ferait pas de mal pourtant ! »

D'Audrey

Enceinte, je demande à mon fils de 4 ans comment il souhaiterait que l'on appelle sa petite sœur. Il me répond : « Déchetterie. »

De Fanny

À la sortie d'un spectacle de Noël à l'école, ma fille de 3 ans et demi me crie du haut de l'escalier : « Maman ! Maman ! J'ai vu les putains du père Noël ! – Les lutins, ma chérie, les lutins ! »

D'Angélique

Je prenais le bain avec ma fille Augustine et, au moment de sortir, elle se lève en même temps que moi et me dit : « Je t'aide à porter tes nénés, ils tombent ! »

De Charlotte

Mon fils adore les quiches lorraines. Un soir, en mangeant son plat favori, il m'a dit : « Maman, tu es la reine des quiches ! »

De Carole

On a demandé à ma fille quel est le bébé de l'âne. Elle a répondu l'anus.

D'Emmanuelle

Ma fille, qui devait avoir 5 ou 6 ans : « Maman, je t'aime tellement que j'aimerais t'arracher la peau pour me la mettre dessus. »

De Gaëlle

Numéro 3 à Numéro 2 : « Tu es comme une chouquette ! Craquante à l'extérieur et pleine de rien à l'intérieur. »

D'Anne-Laure

Moi sur ma balance, quand ma fille avait 5 ans : « Ne t'inquiète pas, maman, tu es toujours grosse ! »

De Marine

Un matin je me fais deux nattes à la Pocahontas. Je demande à mon fils si je suis belle. Il me répond : « On dirait Obélix. »

De Betty

Ma fille, qui sort à mon mari : « Eh, papa, si on tuait maman… ?! » Et lui, répond : « Comment comptes-tu t'y prendre ? – Ben, par le feu, c'est comme ça qu'on tue les sorcières. » Depuis je dors mal la nuit…

De Flora

UNE NOUVELLE FAMILLE POUR UNE NOUVELLE VIE !

Un beau jour, vos enfants vous supplient d'adopter un animal. Vous savez que c'est une grande responsabilité et que vous vous engagez pour la vie. Pour vous guider dans ce choix compliqué, notre équipe vous propose une sélection d'animaux originaux ! Ben oui, le chat et le chien, c'est *so* 2020 !

Le gorille

Animal emblématique de la jungle, le gorille n'est que trop rarement le premier choix des parents. À tort car il y a bien des avantages à posséder un gorille chez soi. Il est un formidable allié chaque fois qu'une chaussette se retrouve coincée en haut d'un meuble suite à une bataille endiablée de boules de chaussettes. Dites aussi stop au gaspillage en cuisine : avec lui, fini les bananes trop mûres que vos enfants ne veulent pas manger.

Vous connaissiez la *comfort food*, découvrez le *comfort animal* : grâce à la présence de votre gorille, plus besoin d'enfiler des chaussons pendant vos longues soirées d'hiver, imaginez-le se poser délicatement sur vos pieds pour vous réchauffer !

Évidemment, un temps d'adaptation est nécessaire pour apprendre à communiquer avec cette espèce, mais vous y arriverez : vous avez bien réussi à comprendre votre ex qui grognait toute la journée.

L'ours polaire

Avoir un chien de garde, c'est dépassé, de nos jours. L'ours polaire vous permet de concilier vos convictions écologiques et votre besoin de sécurité. De plus en plus d'ours fuient la banquise et cherchent refuge au sein de familles d'accueil. Accueillir cet animal protégé, c'est lui donner une chance. Sa fourrure si douce au toucher fait le bonheur des enfants ! Mais l'ours sait aussi se montrer très protecteur quand il s'agit de défendre votre maison.

En effet, la présence d'un ours énervé à votre fenêtre réduira de 100 % l'envie de cambrioler votre domicile.

l'hippopotame

Les familles végétariennes sont nombreuses à adopter un hippopotame chez elles. Discret, il passe toute la journée à barboter dans l'eau et ne sort que la nuit pour manger de l'herbe (et potentiellement le ficus qui trône dans votre salon). Si vous avez un jardin, dites adieu à la tondeuse et laissez tout simplement votre animal brouter chaque parcelle de votre terrain.

Quand il fait chaud, rien de plus rigolo que de jouer à s'éclabousser avec le tuyau d'arrosage, même si vous vous doutez que la facture d'eau vous coupera a posteriori l'envie de rire.

On a recensé quelques accidents domestiques mais qui s'expliquent surtout par le fait que l'animal ne maîtrise pas la taille de son popotin.

La girafe

Des années que l'on vous taquine sur votre petite taille ? Voici enfin LA solution pour entrer dans une nouvelle dimension !

Un paquet de café dans le placard du haut ? Hop, demandez à la girafe. Des tuiles à remplacer ? Elle vous les apporte. Sans oublier tous les économies réalisées en élagage des arbres !

Pour les enfants, c'est le rêve grâce à la possibilité de faire du toboggan sur son long cou ou simplement d'arriver à l'école très rapidement grâce à ses grandes jambes ! Un vrai plus pour les parents qui ne sont pas du matin !

Le lamantin

Appelé aussi « vache de mer », cet animal est le plus doux du monde maritime. Il consomme de la laitue (enfin quelqu'un qui aime les légumes dans cette maison !) et il adore les gratouilles sur la tête. Seule contrainte : il est nécessaire d'être équipé d'une baignoire pour pouvoir accueillir cet animal atypique. Un bien maigre sacrifice en regard du bonheur qu'il procure au sein de la famille. Fini les négociations interminables, vos enfants voudront prendre leur bain tous les jours ! Imaginez le gain de temps sur une année ! Bilan : tout le monde est content !

Alors, vous êtes prêt à craquer ?

ENQUÊTE EXCLUSIVE

CES FUTURS PAPAS QUI EXPLOSENT LES BUFFETS À VOLONTÉ ! *

C'est un phénomène inquiétant qui se propage dans toute la France. Ces hommes prêts à tout pour que leur compagne tombe enceinte afin de pouvoir profiter des buffets à volonté. Notre équipe est partie à la rencontre de ces hommes capables du pire pour obtenir trois desserts !

(À lire avec la voix de l'émission « Enquête d'action » ou « 90 minutes » pour plus de réalisme.

Nous avons rendez-vous avec notre témoin, que nous appellerons Marc**, à 11 heures au Central Café situé dans la rue piétonne de Vendôme (41).

Marc a 33 ans, il est employé de banque. Cet homme au physique avantageux malgré une calvitie naissante est un futur papa. Sa femme, Julie, est enceinte de six mois, de jumeaux.

Il nous raconte son histoire :

« Au départ, ça ne m'intéressait pas du tout de devenir père… J'ai un bon poste, je gagne bien ma vie, j'ai envie d'évoluer dans ma carrière. Tout a changé lors de cette fameuse soirée poker et bière. Ce jeudi soir, Jean-Michel**, l'un de nos camarades de jeu, nous annonce qu'il va devenir papa. Jean-Michel, c'est le genre de type à faire le mort quand il a 37,9, ça nous a donc tous étonnés autour de la table. Et puis, rapidement, Jean-Michel nous a avoué son petit secret : il a décidé de devenir père pour profiter des buffets à volonté. »

Jean-Michel, par sa confession, venait de lever le voile sur un secret jalousement gardé par les futurs papas : l'existence d'un phénomène appelé « Bing Buffet Babies », dit aussi 2Be3 (deux adultes pour trois mangeurs), que l'on peut traduire littéralement par « Gavage aux buffets à volonté grâce à l'arrivée d'un bébé ».

Cette mode venue tout droit des États-Unis consiste à mettre sa femme enceinte pour profiter d'une sortie régulière aux buffets à volonté. Le principe en est simple : une femme enceinte étant souvent affamée, les buffets à volonté représentent la solution idéale pour satisfaire ses envies et lui faire plaisir – et, bien entendu, se faire plaisir. Car, vous l'avez deviné, les hommes mangent autant que leur femme (si ce n'est plus).

** *Les prénoms ont été modifiés pour garantir l'anonymat.*

Marc est convaincu par l'idée géniale de son ami et accepte d'avoir un enfant avec sa femme. La chance est au rendez-vous quelques mois plus tard avec l'annonce d'une grossesse gémellaire. Le jackpot pour Marc car, qui dit deux bébés, dit triple ration pour la future maman.

Bientôt, le couple fréquente le restaurant à volonté deux fois par semaine, puis trois fois, avant d'atteindre son rythme de croisière, à raison de cinq visites par semaine. C'est intense, mais tout est question de volonté, nous rappelle Marc !

Quand on lui demande si sa femme n'a pas remarqué son manège, il nous répond par la négative avec un petit sourire en coin : « Impossible car elle reste persuadée que nous y allons pour lui faire plaisir. C'est d'ailleurs de plus en plus elle qui me le propose. C'est en cela que cette pratique relève du génie : elle est indétectable ! »

Quant à sa prise de poids, il a subtilement réussi à glisser entre les mains de sa femme un article sur la couvade. La couvade est un trouble psychologique qui se traduit par le fait qu'un homme développe les mêmes symptômes que sa femme enceinte. On note, entre autres, la prise de poids, les nausées matinales, le mal de dos et la fatigue. Elle toucherait un homme sur cinq.

Le 2Be3 en bref

Selon l'observatoire « Un œil sur la France », **une grossesse sur quatre** résulterait du phénomène 2Be3. Un chiffre en constante augmentation depuis cinq ans.

57 % du chiffre d'affaires des buffets à volonté est réalisé grâce aux futurs papas. Une manne importante, y compris pour l'industrie textile, qui enregistre une croissance de 13 % et se réjouit de répondre aux besoins de ces hommes désormais trop boudinés dans leurs polo et caleçon.

Seules 10 % des femmes découvrent la vérité sur le 2Be3. En effet, la plupart s'en aperçoivent quand il faut se lever la nuit pour changer la couche de bébé. Hélas, il est déjà trop tard : leur mari n'est pas dans le lit parental mais chez Envie de MayoNem, le nouveau buffet franco-chinois ouvert 24 heures sur 24.

13 kilos ! C'est le nombre moyen de kilos pris par les hommes en attendant bébé. Poids qu'ils ne perdent pas après l'accouchement. La plupart essayent d'ailleurs de faire un second enfant dans les mois qui suivent, en avançant l'argument : « Vu qu'on change déjà des couches et qu'on ne dort plus, autant remettre ça tout de suite ! » Mesdames, soyez vigilantes !

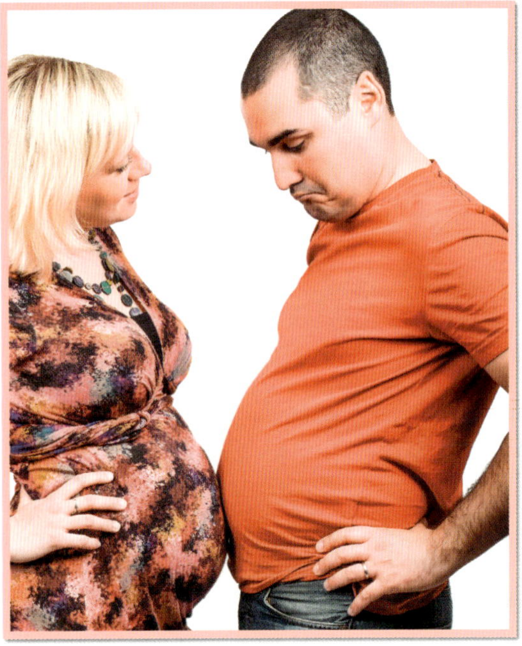

Alerté sur la croissance de ce phénomène, le gouvernement essaye de réagir, en sensibilisant les plus jeunes sur la dangerosité de cette pratique dès le collège. En effet, les formateurs dépêchés spécialement sur place témoignent que les jeunes ne retiennent parfois que l'avantage du buffet en sous-estimant la place du futur papa.

Cette intervention a été critiquée par les partis radicaux. Selon eux, le gouvernement est tout de même bien content de pouvoir compter sur ces hommes qui permettent à la France de conserver un taux de natalité de plus de 2,1 enfants par femme. « Sans eux et leur volonté de fer, nous aurions une natalité en baisse et risquerions le non-renouvellement des générations ! Sans compter tous les emplois créés dans les buffets ! Disons-leur plutôt merci ! » a déclaré récemment Ginette Mouldu, membre du parti Contre tout et encore plus si affinités.

Évidemment ce n'est pas le cas de Marc qui se sert juste de cette excuse pour manger tout ce qu'il veut et en faire le moins possible à la maison car il dit être très fatigué.

Marc n'a pas eu tout seul l'idée de la couvade. Il l'a trouvée sur un groupe Facebook auquel il s'est abonné après avoir pris la décision de devenir père. Ce groupe baptisé « 2Be3 for France – Conseils et soutien » a été créé par Mario** il y a bientôt trois ans.

Cet entrepreneur a créé un groupe de partage à la suite d'un séjour aux États-Unis car quand il a découvert le concept, il y a tout de suite adhéré. Mario est fier de nous montrer qu'il compte de plus en plus de membres dans son groupe. Il nous explique : « Ce groupe est un vrai support pour tous les hommes désirant mettre en place le Bing Buffet Babies. On fournit des conseils pour aider les hommes à rendre leur femme heureuse, tout simplement ! Le groupe est un repaire rassurant pour les hommes qui peuvent partager leur expérience et ainsi nous faire un retour sur cette pratique. On est actuellement en train de progresser sur le suivi post-accouchement pour permettre aux hommes de continuer à fréquenter sans restriction les buffets à volonté. Ce n'est pas toujours simple, mais on s'améliore grâce aux témoignages. »

Le plus dur quand
tu es parent est de
ne pas répondre
« Dans ton cul »
chaque fois que
tes enfants te
demandent où se
trouve une chose !

Papa Chouch

LES CHIFFRES DE NOTRE GRANDE ENQUÊTE SEXO

OH LÀ LÀ, IL FAIT CHAUD !

Merci aux 14 753 parents qui ont répondu à notre enquête ! Voici les résultats tant attendus. En partenariat avec l'INSEE, l'Institut national du sexe dans un escalier extérieur.

De quand date votre dernier rapport sexuel ?

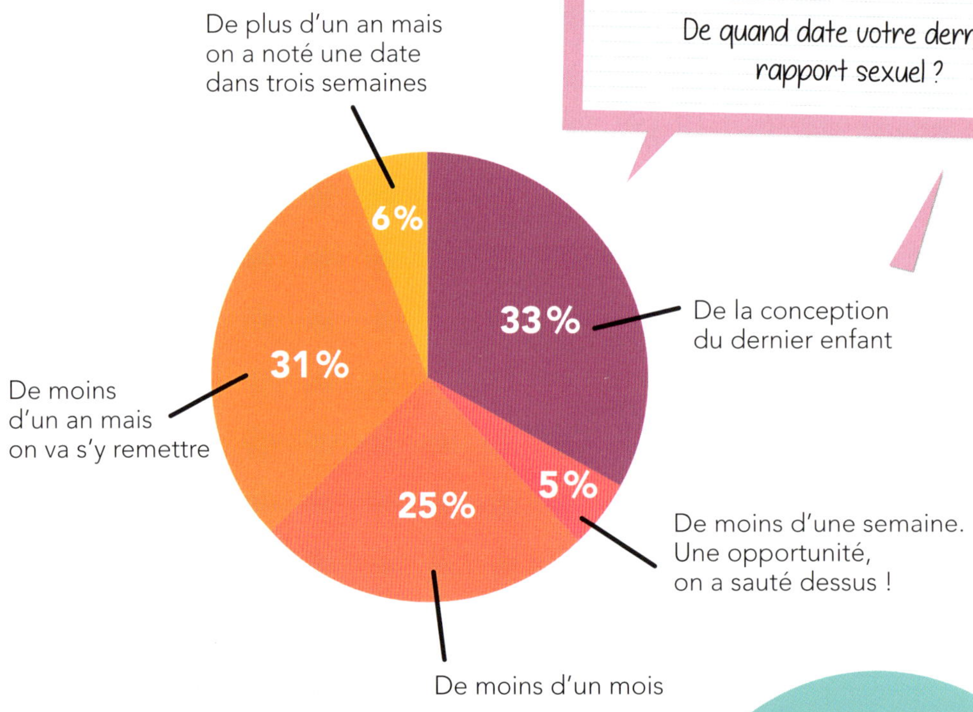

Où a eu lieu ce rapport sexuel ?

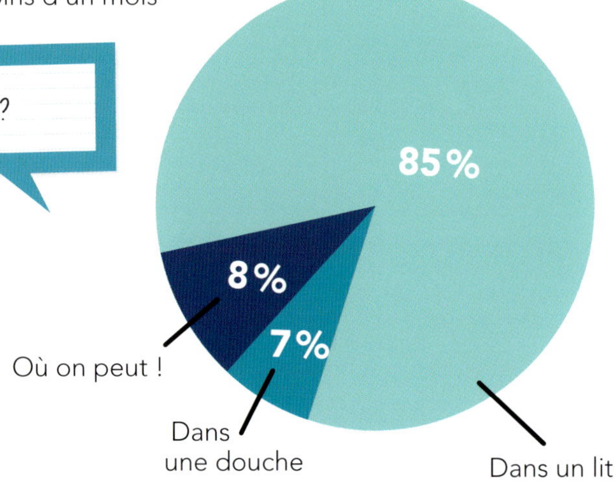

Combien de temps a-t-il duré ?

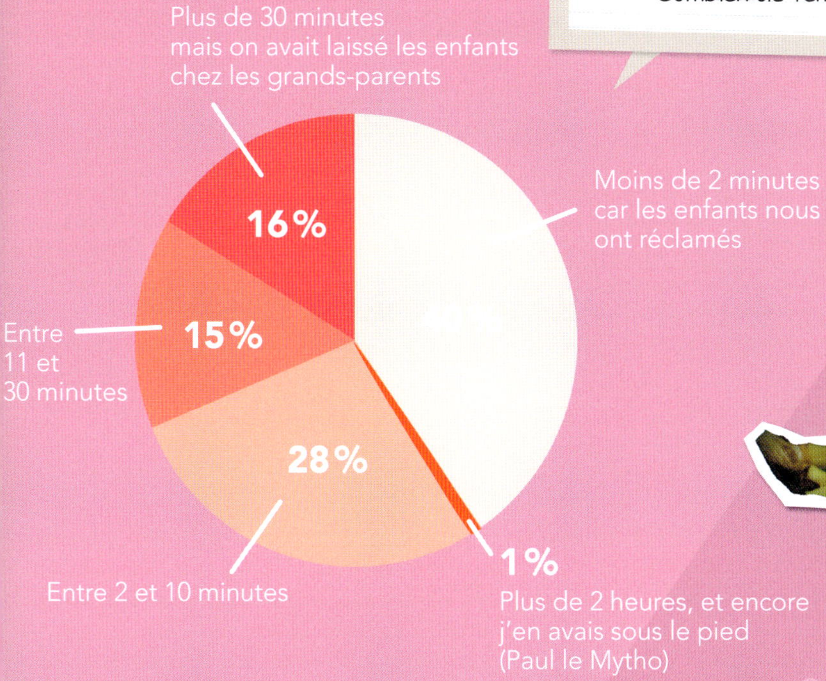

Voulez-vous un enfant ?

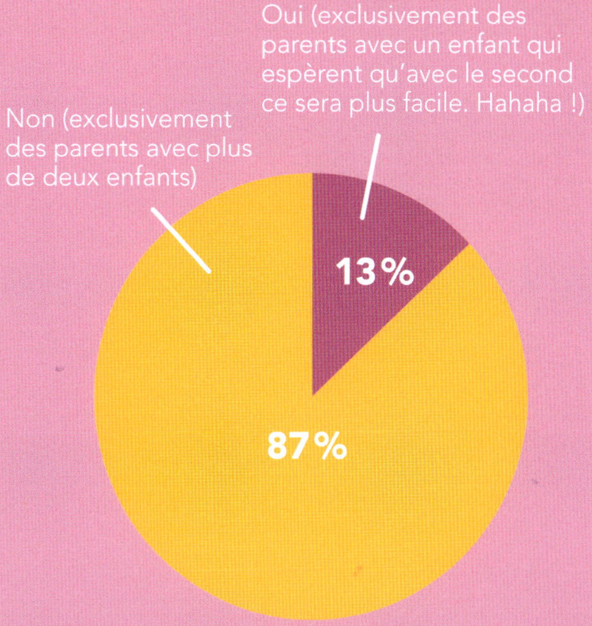

COMBIEN COÛTE RÉELLEMENT UN ENFANT ?

I n'y a rien de plus beau que le sourire d'un enfant ! C'est vrai, mais il n'y a aussi rien de plus cher (surtout quand l'orthodontiste vous tend son devis) ! Voici les chiffres de notre enquête CHOC !

Alimentation

C'est indéniable, l'allaitement permet de réduire drastiquement ce poste de dépenses car on dépense environ 0 € en lait en poudre. Pour celles qui ont choisi de ne pas allaiter, la facture grimpe vite, pour atteindre 70 € par mois. Eh oui, un bébé boit beaucoup et très souvent ! Puis vient le temps de la diversification, avant que votre progéniture ne soit en âge de zieuter le contenu de votre assiette… et veuille croquer un petit bout, puis un deuxième, puis l'intégralité de votre hamburger, vous condamnant à finir son assiette de haricots verts à la place. Miam !

Hébergement

Lors de l'arrivée d'un premier enfant, une famille peut être amenée à déménager, l'objectif étant de trouver une pièce en plus pour installer bébé dans sa chambre. Officieusement, il s'agit surtout de récupérer la chambre parentale pour pouvoir espérer dormir correctement des deux oreilles, voire, pour les plus aventureux (et les plus fous), concevoir un autre enfant. C'est vrai, ça : une nuit complète, des cheveux propres, un corps qui sent bon le gel douche (et pas le vomito), et vous vous surprenez à reluquer votre moitié d'un autre œil. Prudence, un deuxième enfant est si vite arrivé ! Avant de prendre toute décision hâtive, une étude du prix au mètre carré s'impose : 3 782 € en moyenne en France. Il monte à plus de 5 200 € à Aix-en-Provence, pour atteindre 10 476 € à Paris ! Si on estime qu'une chambre de taille moyenne fait 12 m^2, cela fait donc un billet de 45 000 € à sortir.

Finalement, ouvrir un canapé clic-clac tous les soirs, ce n'est pas si fatigant. Si ?

Propreté

Les couches représentant un vrai budget, certains optent pour des couches lavables qui offrent une bonne alternative, à condition de ne pas être sensible au caca sous les ongles. On estime à 80 € en moyenne le budget mensuel des couches. C'est une moyenne, donc pour certains c'est moins cher. En effet, certains parents un brin joueurs osent le pari de ne pas changer la couche de bébé qui vient de faire pipi juste avant la nuit, prétextant : « C'est rien, c'est juste un petit pipi ! » Pari risqué mais, avouez, vous y avez déjà pensé !

Vêtements

C'est un poste de dépenses incontournable : on ne veut évidemment pas voir son enfant crapahuter en short alors qu'il neige. C'est aussi une dépense qui s'accompagne toujours d'un phénomène magique : en effet, dès que vous achetez des affaires neuves, votre enfant prend deux tailles durant la nuit, vous conduisant à en racheter de nouvelles.
Sachez profiter des bonnes affaires qui fleurissent sur les nombreux sites de ventes d'occasion. De toute façon, peu importe le prix du body, il sera rapidement tapissé de vomito ou de pipi. L'affaire ne s'arrangera pas avec le temps, quand les enfants mettront à l'épreuve leurs genoux et leurs pantalons pendant la récré.

Garde d'enfant

En moyenne, préparez-vous à débourser 500 € par mois pour faire garder votre enfant auprès d'un(e) assistant(e) maternel(le) ou d'une crèche. Autant dire que vous avez intérêt à avoir grandement besoin de souffler et de profiter des pauses-café avec vos collègues. Bien entendu, vous avez envisagé d'économiser tout cet argent et de confier la garde à belle-maman. Oubliez ! Cela vous coûtera beaucoup plus cher quand elle vous demandera, à son tour, de garder Titi, son bouledogue baveur, pendant les deux mois de vacances cet été. Bah, vous pouvez bien lui rendre ce petit service, non ?

Loisirs

Les parents souhaitent le meilleur pour leur enfant et veulent naturellement les inscrire à l'équitation-trompette-dessin-danse-curling ! Avec une cotisation moyenne de 120 € par activité chaque année, il a intérêt à ne pas louper un seul cours. Même malade, il soufflera avec son nez dans cette foutue trompette en faisant des entrechats un crayon à la main !

Scolarité

L'école est gratuite en France. En voilà une bonne nouvelle ! Il ne reste qu'à acheter les fournitures scolaires et le cartable. Enfin, gratuite… Seulement pour un temps, car votre enfant va vouloir intégrer une école de design international moyennant 12 000 € par an qui sera financée par la vente d'un rein : le vôtre !

Vacances

Il n'y a pas trop d'impact de 0 à 3 ans, puis arrive le point de bascule, l'entrée de votre enfant à l'école, qui marque le début des inévitables vacances scolaires. Obligation de voyager en même temps que tout le monde et de préférence quand les prix sont multipliés par cinq ! Finalement, un petit week-end chez papi et mamie à Mouais au fin fond de la Loire-Atlantique… c'est bien aussi !

Au final, on parle quand même d'un budget de plus de **150 000 €** jusqu'aux 18 ans de votre enfant. Honnêtement, si ce chiffre était connu à l'avance, pas certain que l'on trouve encore des humains prêts à procréer.
Dès lors, on comprendra que certains parents misent sur le football en espérant que leur enfant devienne une star : de quoi rentabiliser cet investissement colossal.
Le point positif : selon une étude, l'arrivée du second enfant revient un peu moins cher. Malheureusement, les spécialistes n'ont pas pu estimer le coût de la santé mentale des parents interrogés.

LE COIN DES EXPERTS

Vous vous posez des questions, elles vous turlupinent, elles vous démangent, elles vous empêchent de dormir ? Nos experts ont forcément la réponse.

Ma fille de 9 mois et 7 jours ne marche toujours pas. Au mieux, elle se traîne, mais elle ressemble le plus souvent à un phoque sur la banquise. Dois-je m'inquiéter ? C'est mon premier enfant.

Fatoumata de Lyon

La réponse de notre expert pédiatre :

Je comprends votre impatience. Toutefois, sachez que la marche n'intervient que vers les 12 à 14 mois de l'enfant, et cela reste une moyenne. Vous semblez pressée mais vous risquez de le regretter quand il vous faudra courir derrière elle. Souvenez-vous : la dernière fois que vous avez fait du sport, vous avez sprinté 20 mètres pour attraper le bus et il vous a fallu ensuite quinze minutes pour vous en remettre. Profitez plutôt de votre bébé phoque en sirotant un cocktail.

Pour fêter son passage en CM2, mon fils a commandé beaucoup de jouets et j'ai envie de lui faire plaisir. Comment faire comprendre à mon banquier que c'est une dépense exceptionnelle et qu'elle ne se reproduira pas ?

Mehdi de Rothschild

La réponse de notre expert banquier :

Vous savez, Mehdi, le banquier sait lui aussi faire preuve de compréhension. Le souci avec votre situation, c'est que l'exception est devenue la règle. En effet, vous offrez des jouets à votre fils quand il rentre de l'école ou lorsqu'il passe un niveau dans *Mario Bros*.

De plus, il est compliqué de convaincre votre banquier que ces cadeaux présentent un caractère vital pour votre fils quand vos derniers relevés mentionnent l'achat d'une bouteille de vin millésimé ou d'un séjour à Amsterdam pour découvrir les saveurs locales.

Soit votre enfant en CM2 a 20 ans, soit vous vous moquez de votre banquier, et dans ce cas je crains qu'il ne soit pas enclin à accéder à votre demande.

Est-ce qu'accoucher fait vraiment mal, ou les femmes en font-elles juste des tonnes ?

Paulo de Boulogne-Billancourt

La réponse de notre expert sage-femme :

Bonjour, Paulo. Vous avez découvert le pot aux roses ! En vrai, ce n'est rien du tout : la péridurale, c'est de l'eau, et le médecin ne pique pas vraiment. Il existe bien un complot mondial pour vous faire croire que c'est hyper douloureux. Par contre, ne révélez rien aux autres car on aimerait bien qu'ils continuent encore un peu à s'occuper de nous. Merci !

Martine, illuminati actuellement en reconversion.

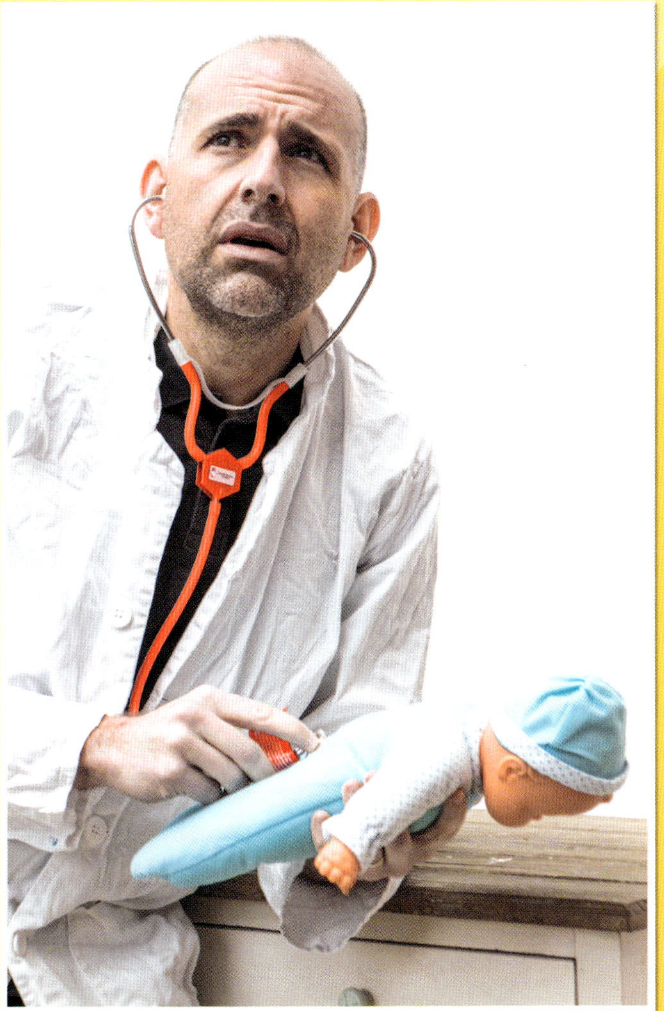

Alors que notre enfant est né il y a deux semaines, mon conjoint veut reprendre une activité sexuelle. Comment lui faire comprendre que je ne suis PAS DU TOUT prête car les tuyaux sont encore en rénovation suite à un dégât des eaux, si vous voyez ce que je veux dire...

Estelle de Pau

La réponse de notre expert sexologue :

La reprise d'une vie sexuelle n'est jamais facile après un accouchement, il faut laisser le temps au temps. Cela n'est pas toujours simple à comprendre pour le conjoint. Pour qu'il puisse se mettre à votre place, n'hésitez pas à lui proposer d'introduire un ananas dans son an... Ouh là là ! Pardon, je m'égare !

Ma conjointe et moi sommes séparés depuis six mois. Dois-je continuer à payer une pension alimentaire pour qu'elle parte en week-end avec son nouveau mec pendant que je garde les enfants ?

Victor de Bruxelles

La réponse de notre expert avocat :

Oui, car la loi n'impose aucune obligation en matière de destination des pensions alimentaires. Votre ex-conjointe est donc libre de dépenser comme bon lui semble l'argent que vous lui versez. Si elle veut s'offrir une nuit dans un hôtel cinq étoiles avec du foie gras et des massages à gogo, c'est son droit le plus strict. Notre conseil, toutefois, est que si vous lui aviez offert ce week-end alors qu'il en était encore temps, vous seriez sûrement en train de vous faire masser. Parfois la vie est injuste. Jamais la loi.

QUAND LES PARENTS FONT DES SMS

Découvrez ce mois-ci notre nouvelle rubrique d'échanges de SMS. Garantis 100 % authentiques !

SMS à Mamie

●●●●● Carrier 5:00PM 100 %

Back (3) Maminouche Contact

Coucou ma puce, ça va ?

Oui ça va, mais Léo ne dort plus depuis deux semaines c'est l'enfer, on ne sait plus quoi faire avec Paul…

Aïe ! Deux semaines c'est long, mais ce n'est rien comparé aux deux ans où tu m'as empêchée de dormir 😂😂😂 BON COURAGE !

SMS à Chérie

●●●●● Carrier 1:00PM 100 %

Back Chérie Contact

Ce soir, c'est moi ou c'est toi qui vas chercher les enfants ?

TOI ! Moi, je sors avec mes copines !

Je savais que j'avais un truc mais plus trop quoi 😊 Amuse-toi bien, je vais essayer de survivre en mangeant du chocolat quand ils seront couchés 😁😁😁

OK

SMS à mon ado

●●●●● Carrier 1:00PM 100 %

Back Marie Contact

19 h 05

Coucou ECQTPRTFATM

Quoi ?

19 h 06

Est-ce Que Tu Peux Ramener Tes Fesses À Table Maintenant !

N'importe quoi 🙄🙄🙄

19 h 07

Chacun ses abréviations pour gagner du temps ! DESCENDS !

SMS à mon meilleur ami

●●●●● Carrier 1:00PM 100 %

Back | **Sissou** | Contact

lun. 3 mai

> Ça te dit qu'on parte en week-end sans femme ni enfants ?

Mais carrément !

> J'en parle avec Mélanie et je te dis 🤞🤞🤞

mardi. 4 mai

> Mélanie est d'accord mais elle veut partir la première. Du coup je réfléchis car rester tout seul avec les enfants, c'est sport !

Fourbe de sa part mais bien joué 😉
On verra en 2034 à la majorité des enfants, ne t'embête pas !

Message OK

SMS à Chérie

●●●●● Carrier 1:00PM 100 %

Back | **Chérie** | Contact

17 h 35

> Moi : Rejoins-moi vite dans la salle de bains ! URGENCE !

QUOI ? Il se passe QUOI ?

> J'ai pris les derniers morceaux de chocolat, on va se les partager !

J'ARRIVE ! Je leur mets un dessin animé !

Message OK

SMS à Chéri

●●●●● Carrier 1:00PM 100 %

Back | **Chéri** | Contact

17 h 30

> Tu penses à prendre du lait. 😘😘

17 h 31

OK.

17 h 33

> Et des céréales pour les enfants ! J'ai oublié d'en acheter !

OK.

17 h 35

> Et du gel douche. Y en a plus…

17 h 36

OK.

17 h 40

Ça va ?? Tu rentres quand ?

> J'attends la fin de la liste puis je commence les courses !

Message OK

Bla Bla Bla Bla Bla

PARENTS
EN POSITION DE LUTTE POUR SURVIVRE
PSYCHO
FATIGUÉS DEPUIS 3 ANS : ET SI C'ÉTAIT À CAUSE DE VOTRE ENFANT ?
ALLÔ DODO
LES MEILLEURS BOUCHONS D'OREILLES À ADOPTER D'URGENCE !
CONSO
NOS MEILLEURS CADENAS POUR L'ENFERMER DANS SA CHAMBRE
QUOTIDIEN
COMMENT FAIRE SEMBLANT D'AIMER JOUER AVEC VOTRE ENFANT ?

★ ★ DADOU ★ ★ ★

MARABOUT, VOYANT, MÉDIUM DE PÈRE EN FILS, GUÉRISSEUR

Mes talents sont multiples :

Je suis le grand spécialiste reconnu du retour de vos nuits même avec un enfant en bas âge.
Je ravive l'amour de vos enfants pour les légumes verts, les mathématiques et les vaccins.
Je favorise la chance en amour, règle les problèmes de couple et ceux des enfants qui se chamaillent sans arrêt.

Je peux vous apporter mon don puissant pour savoir ce qu'a fait votre enfant à l'école.
Je réalise de la magie blanche pour permettre à votre enfant de marcher à 8 mois ou de devenir propre juste après la consultation.

Je vous aide dans tous vos projets perdus d'avance (gestion des belles-mères, réapparition miraculeuse de vos clés de voiture juste avant le départ à l'école…).

Déjà de nombreuses familles convaincues, pourquoi pas la vôtre ?

...UN MÉTIER

ASSISTANT MATERNEL ? ON N'A GUÈRE PLUS DE TRAVAIL QU'AVEC UNE BANDE DE CHIOTS !

Nous avons rendu visite à Monsieur Nounou qui, comme son nom l'indique, exerce le métier d'assistant maternel, à Ronchin dans le nord de la France. L'occasion d'en savoir un peu plus sur ce métier de la petite enfance.

Bonjour, monsieur Nounou, comment êtes-vous devenu assistant maternel ? Je crois que vous avez deux enfants, alors pourquoi vouloir s'occuper en plus des enfants (pénibles) des autres ?

Vous savez, les enfants, ce n'est pas si compliqué. Je sais que je vais en choquer plus d'un, mais on n'a guère plus de travail qu'avec une bande de chiots. La seule différence, c'est que les chiots ne s'intéressent pas tellement à la télévision, alors que les enfants, si. On peut se servir de ce formidable outil ! Ça a très bien marché avec les miens et ça me dégageait pas mal de temps. Ça n'a pas empêché mon aîné de 11 ans d'être deuxième de sa classe de CE1 cette année. Une vraie fierté !

L'aire de jeux, idéale pour occuper les enfants et draguer les mamans.

Quelles sont les trois qualités indispensables pour devenir un(e) Super Nounou ?

Ne vous inquiétez pas, il ne vous en faudra pas autant ! Il y a une seule qualité primordiale dans ce métier : la patience. Pas pour les mômes, hein ! Pour leurs parents ! Vous n'imaginez pas comme ils peuvent être relous avec leur besoin d'être rassurés en permanence !

Collectionner les boîtes de raviolis ? Mon nouvel hobby quand les parents ont la flemme de cuisiner.

Auriez-vous une anecdote croustillante à partager avec nos lecteurs ?

Une fois, j'ai complètement oublié de verrouiller la porte d'entrée ! Un petit, qui allait avoir 3 ans, a réussi à ouvrir la porte et a pris la clé des champs ! Je me suis retrouvé à courir derrière lui en claquettes-chaussettes. Ce petit manège n'a duré que quelques minutes mais j'en ris encore, même si, entre nous, j'ai préféré ne pas inquiéter ses parents avec cette histoire. Les jeunes parents sont si sensibles.

En tant qu'homme travaillant dans un métier très féminin, n'avez-vous pas choisi ce métier pour devenir la vedette du parc ?

Il faut bien comprendre une chose : j'ai un physique qu'on pourrait qualifier de « pas facile » et mon ancien métier de comptable ne m'aidait pas beaucoup non plus pour draguer. Alors j'ai misé sur les enfants ! Enfin… on se comprend, hein ! PAS « les enfants », mais plutôt les adultes qui les accompagnent. Le marché de la jeune maman est florissant et avec aussi 99 % d'assmats féminines, je savais que j'aurais un vrai boulevard quand je me rendrais au parc !

Je vois que vous venez d'adopter deux chats. Le métier était-il si facile que vous décidiez d'augmenter le niveau de difficulté ?

Au contraire ! Les animaux ont de grands avantages sur le plan de l'éducation. Et puis, pendant que les gosses leur courent après ou leur jettent des trucs, je peux souffler cinq minutes avec un bon café.

Quelles sont les demandes les plus surprenantes que vous ayez reçues de la part des parents ?

Il y en a tellement ! La plupart du temps, ce sont des demandes en rapport avec l'alimentation. Quand vous devez faire à manger à la prunelle de leurs yeux, ils ont de sacrées exigences ! C'est limite s'il ne faudrait pas aller pêcher soi-même le poisson pané du midi et servir des légumes bio du jardin ! Bien sûr, quand c'est eux qui doivent fournir les repas, ils la ramènent moins et je me retrouve à collectionner les boîtes de raviolis.

Un lundi ordinaire marqué par le manque de sommeil.

On entend beaucoup de choses sur les salaires mirobolants des assistant(e)s maternel(le)s : un métier en définitive bien payé pour surveiller la sieste. Que répondez-vous à vos détracteurs ?

Soyons clairs une bonne fois pour toutes sur ce sujet ! La vraie question n'est pas de savoir si les assmats sont trop payés, mais plutôt ce que vous souhaitez pour votre enfant. Est-ce qu'on va au square en Dacia ou au volant d'une belle allemande ? Est-ce qu'un bambin n'est pas plus à l'aise sur un tapis Beni Ouarain que sur un affreux machin râpeux acheté dans un bac à soldes ?

Pour finir, quels conseils donneriez-vous aux hommes qui souhaitent se lancer dans le métier ?

Vous savez, on m'a filé plein de conseils, comme participer à des formations, lire des livres… mais la réalité du terrain est totalement différente ! Dans la petite enfance, croire qu'on est compétent parce qu'on a passé son CAP, c'est comme se prendre pour un militaire parce qu'on a joué à *Call of Duty*. En vrai, ce genre de pipeau, ça impressionne surtout les parents, mais une fois dans l'arène, vous êtes seul ! Mon conseil ? Adoptez un chien. Un bon gros chien qui occupera les gosses et léchera les saletés par terre après le repas ! Pour le reste, si vous connaissez des chansons ou si vous aimez ruiner votre salon avec de la peinture, ça vous regarde, mais vous ne ferez jamais mieux que YouTube ou Disney+ pour occuper les mômes. Il faut parfois savoir déléguer et se servir des outils modernes !

Vous pouvez retrouver Monsieur Nounou :
sur Facebook : Monsieur Nounou
sur Instagram : @monsieurnounou

TOTAL RELAX
ANTI-ENFANTS
TOTAL RELAX
Spray à utiliser en prévention ou en traitement pour faire fuir les enfants et ainsi avoir un moment Total Relax rien que pour vous
Total Relax est une gamme au parfum agréable composée d'huile de jojoba bio, d'extrait d'épinards, de concentré de choux de Bruxelles, de citronnelle et de hareng qui permet d'éloigner les enfants et de vous protéger de façon naturelle.
Contre-indications : déconseillé aux assistant(e)s maternel(le)s, enseignant(e)s et animateurs/trices pendant l'exercice de leur fonction.

BIENVENUE À NOTRE GRAND BINGO DU COUCHER

Règle du jeu

Chaque parent prend sa grille et choisit l'enfant avec lequel il va jouer (sans le prévenir). Si vous voulez le même enfant, vous le jouez à pile ou face. Le gagnant est celui qui a le plus de points quand les enfants dorment.

Gain

Une faveur à l'autre parent (apéro, massage, grasse matinée, bain chaud…).

QUE LE MEILLEUR GAGNE !

J'ai soif. **10 points**	J'ai faim. **10 points**	J'ai envie de faire pipi. **10 points**	Je ne veux pas dormir. **10 points**
Je ne suis pas fatigué. **10 points**	L'enfant pleure. **20 points**	Tu peux remettre la veilleuse ? **20 points**	Tu peux me raconter une autre histoire ? **20 points**
J'ai perdu ma tétine. **20 points**	J'ai perdu mon doudou. **20 points**	J'ai fait un cauchemar. (Alors qu'il ne dormait pas.) **50 points**	Il y a un monstre dans ma chambre. **50 points**
Il se relève et vient vous voir. **100 points**	Il vomit. **300 points**	Il a la gastro. **500 points**	Il te vomit dessus. **Victoire par K.-O.**

LE COIN DES LIVRES

Cette semaine nous saluons l'arrivée de la nouvelle collection des éditions Casse-Bonbons. Découvrez les aventures de Kikou et de sa famille.

Des livres qui abordent des thématiques incontournables et qui aident à grandir. Une belle découverte pour toute la famille.

BIENTÔT DANS TOUTES LES LIBRAIRIES !

Découvre les autres titres de la collection :

- Kikou adore manger du maroilles
- Kikou a volé le jouet que ses parents ne voulaient pas lui offrir
- La maman de Kikou essaye l'éducation bienveillante, et putain que c'est dur !
- Kikou met 20 minutes à enfiler son slip
- Kikou va chez papi et mamie car papa et maman veulent lui faire une petite sœur
- Le papa de Kikou regrette sa vie de célibataire
- Kikou essaye de draguer avec la phrase « Hé mademoiselle, votre père est un voleur ? »
- Kikou promet de s'occuper du chien mais ce sont ses parents qui le sortent tous les jours
- Kikou pleure car il est fatigué mais ne veut pas aller se coucher

L'ANNIVERSAIRE DE VOTRE ENFANT

Dans un moment de faiblesse, vous avez accepté d'organiser l'anniversaire de votre fils pour fêter ses 3 ans. Il a invité cinq copains et copines de 15 heures à 17 heures. Vous pensez que vous allez gérer comme un chef, première erreur.

14:30

Vous venez de gonfler quarante ballons en vous éclatant les doigts à chaque nœud. Vous les avez accrochés au mur car vous savez d'expérience qu'un ballon au sol, c'est la bagarre assurée.

14:50

Vous sortez les assiettes Peppa Pig, les verres Spiderman et les serviettes Cars pour une harmonie des plus jolies, comme vous pouvez l'imaginer. Vos yeux saignent.

15:00

Ça sonne, c'est la maman de Rayan. Vous sentez à son sourire pressé qu'elle veut profiter de son temps libre, donc pour la calmer direct, vous lui rappelez de bien venir chercher son fils à 17 heures et pas après car vous avez un truc SUPER IMPORTANT à faire (rien, en vrai, mais elle ne le saura jamais).

15:00-15:20

Les autres invités arrivent au fur et à mesure avec les bras chargés de gros cadeaux. L'angoisse monte, vous vous demandez déjà où vous allez pouvoir tout ranger. Les enfants partent jouer dans la chambre de votre fils et profitent de votre absence d'une minute pour sortir TOUS les jouets des deux malles.

15:20

Début des jeux animés : vous avez prévu le jeu du facteur, celui de la statue avec de la musique et un roi du silence. Quand vous expliquez les règles, vous percevez comme un vide dans les yeux de certains enfants. Vous réexpliquez mais en fait ce vide est perpétuel, vous avez l'impression de parler aux hyènes du *Roi lion*. Vous lancez le jeu.

15:22

Le jeu de la statue démarre, les enfants improvisent une danse, ils se jettent par terre et tournent sans s'arrêter. Vous vous dites qu'il faudra relancer le jeu juste avant leur départ pour bien nettoyer le salon. Évidemment, deux enfants se cognent et se mettent à pleurer. Un bisou magique plus tard, tout est arrangé.

15:34

Lors du jeu du roi du silence, un enfant profite de ce que vous avez les yeux fermés pour prendre un stylo et dessiner sur le bras d'un autre. Stylo indélébile bien sûr, vous frottez le plus fort possible mais quand sa peau devient aussi rouge que la couleur du crayon, vous vous arrêtez. Il faut que vous trouviez une excuse mais rien ne vient pour le moment. Il vous reste un peu plus d'une heure.

16:00

Vous passez au gâteau et aux boissons. Conseil d'ami : NE JAMAIS acheter des briques de jus avec des pailles pour des enfants de 3 ans. Un carnage du sol au plafond.

16:02

Les enfants mangent le gâteau et en donnent la moitié au parquet, qui se régale.

16:04

Un enfant prend un nounours en guimauve au chocolat mais comme il n'aime pas la guimauve, il lèche le chocolat et repose le reste dans le plat à bonbons. Normal !

16:20

Vous passez à l'ouverture des cadeaux, et là, c'est le drame : une corde à sauter, un enfant l'essaye et renverse sept bibelots, une voiture électrique SANS piles, un piano AVEC des piles mais surtout un jeu de l'oie-puzzle qui accapare 5 m^2 au sol sur les 20 m^2 de votre salon.

16:30

Vous proposez une partie de cache-cache qui s'arrête net quand une petite décroche la tringle du rideau de votre chambre en voulant se cacher. Ce n'est pas très grave, elle a une bosse mais ne saigne pas (pas grave pour elle, hein, car vous passez quand même quinze minutes à replacer la tringle).

16:32

Les enfants retournent tous jouer dans la chambre, vous surveillez d'un œil, tout se passe bien. Vous êtes inquiet.

17:00

Les parents arrivent, ils sont ravis de venir récupérer leur enfant et vous de le leur rendre. Tout le monde est vivant, ce qui est déjà un exploit. Pour finir en apothéose, vous avez préparé des petits sachets de bonbons pour chaque invité. Une maman vous explique que son enfant fait des allergies et demande à voir la composition des bonbons. Vous partez fouiller le fond de la poubelle pour retrouver tous les emballages déchirés.

17:20

Premier appel à la maman de Rayan. Elle est en route.

17:30

Deuxième appel à la maman de Rayan. Oui, oui, elle arrive.

17:40

Elle débarque avec des sacs de courses et une nouvelle coupe de cheveux. Elle s'excuse, mais bon, ce n'est pas sa faute si elle est restée bloquée sur la route. Votre femme lui rétorque : « Ce serait pas plutôt sous le sèche-cheveux que vous êtes restée bloquée ? » Vous la raccompagnez en vous excusant.

17:42

Vous vous écroulez sur le canapé. Morts de fatigue.

17:43

« Paaaaaaaaaaaaaaaapa ! Maaaaaaaaaaaman ! Vous venez jouer avec moi au jeu de l'oie ? » Promis, l'an prochain, vous ferez appel à un organisateur pour gérer l'anniversaire de votre enfant !

RÈGLE DE SURVIE

Ne jamais inviter plus d'enfants qu'il n'y a de bougies sur le gâteau !

MOTS MÊLÉS

Les trois premiers mots que vous allez trouver donneront l'ambiance de la semaine qui s'annonce.

1

2

3

C	O	N	F	I	N	E	M	E	N	T	R	E	V
A	Z	M	E	N	T	Y	U	I	O	R	P	N	I
B	Q	A	S	S	D	D	F	R	G	I	D	G	S
O	H	L	J	O	K	I	L	E	M	P	E	U	I
U	W	A	X	M	C	V	V	T	S	L	V	E	O
D	V	D	B	N	N	O	A	A	O	É	O	U	C
E	O	I	Z	I	E	R	R	R	S	S	I	L	O
R	M	E	T	E	Y	C	U	D	I	O	R	A	N
P	I	Q	S	D	F	E	G	H	J	K	S	D	F
L	C	A	U	C	H	E	M	A	R	M	W	E	É
C	V	B	N	A	G	A	S	T	R	O	E	Z	R
E	N	C	E	I	N	T	E	R	T	Y	U	I	E
Q	S	É	P	A	R	A	T	I	O	N	S	D	N
T	É	L	É	T	R	A	V	A	I	L	G	H	C
C	V	D	É	P	R	E	S	S	I	O	N	B	E

Solution page 92

LES PRÉNOMS LES PLUS DONNÉS EN 2040

Le choix d'un prénom n'est jamais simple pour les parents. Cela implique une vraie responsabilité car un mauvais prénom peut avoir un impact désastreux sur la vie de son enfant. Ayez un coup d'avance en choisissant un prénom qui marquera son époque… dans vingt ans.

Prénom de maladie On note un réel engouement pour cette tendance qui permet d'être à la fois original mais aussi en prise avec son époque puisqu'elle rend hommage aux plus belles maladies qui nous ont marqués. Parmi les plus célèbres, on peut citer évidemment Peste, Coronavirus, Ébola, mais les plus audacieux oseront Trypanosomiase, Laryngite ou Zika.

Nous vous laissons visionner le site de l'OMS : il y a vraiment de quoi se distinguer des autres parents. Certains prénoms n'ont même jamais été donnés, soyez les premiers à innover !

Prénom choisi par l'enfant lui-même La loi devrait évoluer dans les années à venir pour laisser la possibilité aux enfants de choisir eux-mêmes leur prénom, afin de ne pas imposer un conditionnement dès la naissance. Une belle opportunité de s'approprier son identité. Il ne faudra donc pas s'offusquer quand on entendra résonner dans la cour de récré des prénoms comme Pince à linge, Seigneur ou Caca prout… c'est LEUR choix !

Prénom de meuble IKEA La grande force de ces prénoms, c'est leur mixité : ils conviennent aussi bien à un garçon qu'à une fille. Plus besoin de demander le sexe à l'échographie. On a sélectionné pour vous Stig, Rästov, Kallax ou encore Ypperlig, pour leurs très belles sonorités ! N'hésitez pas à consulter le catalogue de l'enseigne, il y a des idées par centaines.

Prénom de nourriture La tendance n'est pas nouvelle car des prénoms de fruits comme Prune, Olivia ou Clémentine ont été donnés ces dernières années, mais elle va se confirmer à l'avenir. Les parents pourront alors rendre hommage à leur plat préféré. On devrait donc voir fleurir des petites Raclette, Choucroute ou Tacos. Imaginez des jumeaux prénommés Couscous et Boulette ! Au parc, cela sera du meilleur effet.

Prénom avec une seule lettre On les appelle « les minimalistes ». Cette communauté prend de l'ampleur depuis quelques années. Leur philosophie ? « Vivre mieux avec moins » afin de ne pas marquer la Terre de leur empreinte. Le prénom des enfants sera ainsi composé d'une seule lettre pour les mettre dans le mouvement. Les plus utilisés seront le P, le S et le G. L'avantage, c'est que ça évite les diminutifs gnangnan, mais l'inconvénient, c'est qu'ils ne gagneront jamais grand-chose d'important.

J'AI TESTÉ L'ASMR EN FAMILLE

ET ÇA MARCHE MOYEN

Par Olivia Belkacem

Chaque mois, une famille analyse une pratique à la mode et la teste. Ce mois-ci, Olivia et ses proches ont découvert l'ASMR.

L'**ASMR** est la technique zen du moment. Pour ceux qui ne connaissent pas, l'ASMR est un sigle anglais signifiant *Autonomous Sensory Meridian Response*, que l'on pourrait traduire par « Réponse autonome du méridien sensoriel ». En vrai, je n'ai aucune idée de ce que Google Trad raconte. Pour faire simple, c'est une technique de relaxation liée à l'écoute de sons reposants : chuchotements, tapotements d'un gel douche ou d'une bouteille de vin millésimé de 1982 que tu pourrais boire toute seule au coin d'un feu. Je m'égare… Tous ces sons entraînent une libération de dopamine dans le cerveau, provoquant un bien-être immédiat. Un plaisir à portée de clic puisque de nombreuses chaînes YouTube vous permettent d'atteindre le nirvana du cerveau.

Comme tout bon parent, j'ai voulu tester cette technique pour réintroduire un peu de zénitude au sein de notre foyer. J'ai donc demandé à chaque membre de ma famille de réfléchir à un son qu'il aime bien et de le partager avec les autres. Nous nous sommes installés en tailleur dans le salon, puis j'ai demandé à mes proches de fermer les yeux. J'ai commencé à caresser notre chat Oreo qui s'est mis à ronronner, ce qui était très relaxant… pendant environ sept secondes, car Oreo en a eu marre et s'est sauvé de mes bras en feulant après avoir essayé de me mordre.

Je me suis ensuite rabattue sur mon plus jeune fils et lui ai proposé d'apporter un objet qui produit un son relaxant. Quand je l'ai vu revenir avec un tableau noir et une craie, j'ai douté de lui, je l'avoue... Il nous a demandé de fermer les yeux, puis il a tracé un mot à la craie avant de la faire horriblement crisser, ce qui nous a forcés à nous boucher les oreilles.

J'ai demandé ensuite à mon aînée de trouver un son apaisant. J'ai confiance en elle ! Je me concentre : c'est un son familier, ça fait des petits cracks réguliers. Déjà relaxée, je sens mon corps se détendre peu à peu. C'est alors que je sursaute en entendant mon mari râler : « Mais ça ne va pas de manger des chips ! Tu vas en mettre partout sur le canapé ! »

Fin de la séance car mon fils s'est mis à crier : « Je veux des chips ! » en se jetant sur sa sœur pour lui arracher le paquet des mains.

Il est seulement 10 heures et la zénitude n'est pas encore revenue chez moi. Je crois même qu'elle s'est enfuie à l'autre bout de la ville.

Je me promets de réessayer un peu plus tard, disons dans vingt ans, quand les enfants seront partis de la maison.

Liste des sons véritablement relaxants (que mes enfants n'ont pas choisis, bizarrement) :

– le glissement de l'éponge sur la table après avoir pris le petit déjeuner,

– le frottement des chaussures que l'on range au lieu de les laisser traîner dans l'entrée,

– les ronflements des enfants deux minutes après qu'ils se sont couchés,

– le « Au revoir » suivi de la porte qui claque quand ils partent chez leurs amis tout le week-end.

Bref, des bonnes idées, il y en a tellement. Pourquoi n'en ont-ils pas eu une seule ? Pfff.

MON VERDICT

Ce n'est pas parce que cela n'a pas fonctionné dans notre famille que ce sera le cas dans la vôtre. N'hésitez pas à tester la technique à la maison et à nous écrire si cela est un succès (ah ça, on ne devrait pas recevoir des centaines de messages).

MA NOTE

3/10 car j'ai quand même pu fermer les yeux, et c'est toujours ça de pris !

Après des années de recherche, le laboratoire Parental est fier de vous présenter les bouchons d'oreilles « Sérénité » capables de stopper net toutes les nuisances sonores de votre vie quotidienne.

Bébé qui pleure, enfants qui chahutent, conjoint qui râle, chien qui aboie !

N'attendez plus : mettez vos Sérénité et profitez enfin de la vie !

LA MINUTE BD

par Yannick Vicente

Retrouvez Yannick Vicente sur : Instagram : @y.dessin
Facebook : Yannick Vicente

LES JEUX RECOMMANDÉS

PAR PARENTS EN PLS

L'anniversaire de votre enfant approche, et vous n'avez toujours pas trouvé LE cadeau idéal ? Notre équipe vous propose sa sélection de jeux et jouets à petits prix qui feront fureur auprès de vos enfants.

L'emballage en carton

Quoi de mieux qu'un carton pour stimuler l'imagination fertile de votre enfant. Donnez à votre enfant un bout de carton et il le transforme en cabane, en table pour le goûter, ou en voiture pour crier des insultes aux automobilistes, comme son papi Henri !

Pour en trouver, c'est facile : faites le tour des poubelles du voisinage lors d'une bucolique sortie en famille. C'est l'occasion de prendre l'air et de sensibiliser les enfants au recyclage. On met des gants, on se bouche le nez, et c'est parti ! Un jeu écolo complètement dans l'air du temps !

Des piles

On ne compte plus le nombre de fois où votre enfant a reçu un super cadeau pour lequel il fallait des piles. Manque de chance pour votre enfant, vous n'en aviez plus ! Résultat, des pleurs, des cris, et le désespoir dans vos yeux. Cette fois-ci, soyez prévoyant et offrez-lui des piles ! Certes, votre enfant sera étonné quand il arrachera l'emballage mais imaginez sa joie quand il recevra quatre mois plus tard le robot qu'il a commandé. Il saura apprécier votre achat à sa juste valeur. Vous un peu moins, surtout quand Boulbit le Robot se mettra en route à 2 heures du mat, achevant définitivement de traumatiser votre enfant. Ça vous apprendra à acheter des piles longue durée.

Les chaussures des parents

Combien de paires usagées gardez-vous dans votre placard ? Des dizaines ! Il est grand temps d'en faire profiter vos enfants. Vous les emballez et vous leur offrez : des heures d'amusement avec les chaussures trop grandes de papa ou les talons de maman. Certes quelques entorses seront à déplorer, mais à cet âge-là on récupère très vite et cela fera des souvenirs à raconter plus tard : « Tu te rappelles quand on a été aux urgences car tu as loupé une marche avec les talons de maman ? »

LE COUP DE ❤ PARENTS EN PLS

LE PLUS ! SON PETIT PRIX

10,95 €

On sent que l'auteur a pensé à toutes les familles.

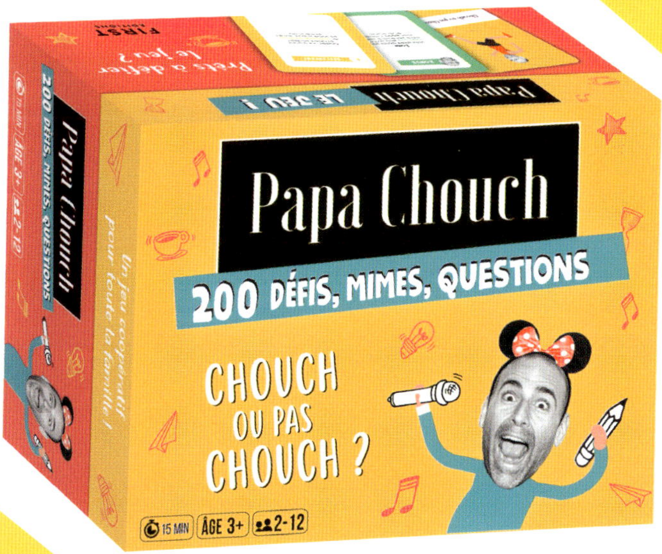

DE 2 À 12 JOUEURS

ÂGE 3 +

15 MINUTES

(après les parents trouvent le temps long, surtout que c'est bientôt l'apéro)

Enfin un jeu de société pour toute la famille qui ne se finit pas en cris et en larmes (et en dépression des parents) ! La famille joue contre le jeu, elle a 15 minutes pour gagner 10 points en réalisant des défis : faire la queue leu leu dans toute la maison ou un selfie grimace tous ensemble.

Des cartes BONUS et MALUS viennent pimenter la partie.

(Cet article est évidemment totalement sponsorisé car j'en suis l'auteur mais, promis, le jeu est vraiment sympa. Merci aux 10 000 familles qui l'ont déjà acheté !)

PARENTS DE JUMEAUX :

LES QUESTIONS AUXQUELLES IL VA FALLOIR RÉPONDRE CALMEMENT (OU PAS)

Par Muriel Herbert de twinsplace.fr

Vous venez d'apprendre que vous allez avoir des jumeaux ? Oui, c'est un peu comme un tremblement de terre dans les tripes, un tsunami dans la tête, un cambriolage dans le cœur… Toute chamboulé, vous voulez prévenir la terre entière et l'univers de ce qui vous arrive. Votre mère, au téléphone, vous pose déjà des questions bizarres : « Mais tu veux dire que tu vas avoir deux enfants d'un coup » !? Hop, enfilez très vite votre cape d'invisibilité car, dès la naissance, il va falloir trouver des parades à plein d'autres questions :

Tu les as accouchés en même temps ?

Alors, il y avait un bouchon à la sortie, et on a tiré à pile ou face avec la sage-femme. Pas de bol, le col n'était pas assez large, et finalement, c'est le plus gros qui a gagné !

C'est qui l'aîné ?

Bah, sur le papier, il paraît que c'est Jumeau 1… ou Jumeau 2… Bref, on a encore tiré à pile ou face. Pareil pour les prénoms d'ailleurs… HOP ! HOP ! On n'était pas très sûrs de notre coup. Associer deux prénoms qui vont bien ensemble, c'est plus compliqué qu'il n'y paraît, alors on a pris les premiers objets qui nous tombaient sous la main, et on a fait de leurs noms leurs prénoms. C'est plutôt ma mère qui tire la tronche au moment d'appeler « Vaseline ! Ventouse ! » quand ils jouent au parc !

Ce sont des vrais ou des faux jumeaux ?

C'est fou le nombre de personnes qui me posent cette question ! Mes enfants sont BIO… Voilà ! Ça vous va ? En tout cas, ils ne sont pas en plastique, sinon je les aurais rendus au service après-vente de la maternité !

Ils ne se ressemblent pas. Tu es sûre que ce sont des jumeaux ?

Alors, pour ta gouverne, comme c'était une grossesse bichoriale biamniotique et qu'ils proviennent chacun d'un spermatozoïde et d'un ovule différents… Euh, tu sais quoi ?! Laisse tomber… Tu as complètement raison ! J'en ai pris un second dans la chambre d'à côté à la maternité pendant que sa mère dormait : et voilà ! Tu avais raison, ils ne se ressemblent pas.

Vous arrivez à les reconnaître ?

Pas toujours, c'est vrai. C'est pour cette raison qu'on pense sérieusement à faire tatouer sur le front de Ventouse le logo du PSG. Comme ça, plus aucune erreur !

Vous arrivez à dormir, la nuit ?

C'te question ! Bien sûr que oui ! Attends, ce ne sont pas des monstres, non plus… Hier, j'ai dormi de 3 h 20 à 3 h 45, j'étais hyper hyper heureuse.

Ce n'est pas trop la ruine, niveau budget ?

Pfffff, si peu ! Il faut juste prévoir quelques petits trucs… une poussette double, des habits en double, des couches à la pelle, des cartons de boîtes de lait, des packs d'eau, une nouvelle voiture et aussi une nouvelle maison… Pas grand-chose, quoi !

C'est qui, le dominant ? C'est qui, le dominé ?

C'est simple : chaque soir ça change. Pour déterminer qui va recevoir son biberon en premier, on organise un combat de catch dans le parc géant. Le gagnant est, de toute évidence, le dominant.

Comment va votre mari ?

Disons que passé l'évanouissement quand l'échographe a prononcé la formule magique : « Il y en a deux ! », il a été assez content. Il voulait deux enfants, c'est donc réglé.

Bon, depuis la naissance, il s'aperçoit tout de même que le rythme est sportif… surtout quand je le laisse seul le week-end pour partir me ressourcer avec mes copines. Mais globalement, il est toujours en vie !

Voilà ! Vous êtes maintenant prêts à affronter toutes les mamies qui vont vous arrêter avec votre poussette double dans la rue alors que vous êtes super pressés. Faites semblant de ne pas les entendre quand elles vous parlent sinon vous en aurez pour des heures.

Retrouvez Muriel sur les réseaux sociaux :

Facebook : Tu sais que tu es parent de jumeaux quand
Instagram : @muriel_herbert

LES SORTIES CINÉ DE LA SEMAINE

en partenariat avec **DODOCINÉ** (le partenaire de la sieste des parents au ciné)

L'émouvante histoire d'une famille heureuse jusqu'à l'arrivée de ses enfants… Ensuite, plus rien ne sera jamais comme avant, avec des nuits trop courtes et des cris trop longs !

Une famille part fêter Noël aux États-Unis mais, dans la précipitation, ils oublient la mère ! Un conte de Noël comme on les aime, avec du silence, une fréquentation des toilettes toute seule, mais une fin triste tout de même quand la famille rentre à la maison.

Une comédie pour les enfants SANS les enfants

Plongée au sein de la Familia, avec un enfant qui tyrannise ses parents pour obtenir le contrôle de la maison. Un être capable de tout pour arriver à ses fins, comme hurler au milieu de la nuit ou répondre « NON ! » 685 fois de suite pour faire craquer ses parents. Un huis clos familial terriblement angoissant !

'histoire authentique d'une mère qui va out faire pour déposer ses enfants à l'heure l'école alors qu'elle s'est réveillée en etard. Ce film ravira tous les fans d'aventure et de documentaire. Si on ne savait pas que e scénario est tiré d'une histoire vraie, nous urions du mal à y croire. Un bon moment à asser en famille pour continuer à avoir foi en vous et en vos rêves.

TU VEUX SAVOIR
SI TON ENFANT VA TE LAISSER
FAIRE UNE GRASSE MAT DEMAIN ?
DANS TES RÊVES
Envoie
DANS TES RÊVES
au 7 13 13

PAGE SPÉCIALE OFFERTE PAR PAPA CHOUCH

On sait qu'il n'est pas toujours simple de garder son calme. Voici donc un petit tuto pour vous aider à surmonter le stress lié à cette petite personne qui vous irrite.

ÉTAPE 1 Écrire sur cette page tout ce qui vous énerve chez ette personne. Ne pas se retenir, il faut vraiment tout sortir.

ÉTAPE 2 Déchirer la page du livre et former deux boulettes e papier.

ÉTAPE 3 Introduire chaque boulette bien profondément dans os oreilles (ou autre trou de votre anatomie, en fonction de l'effet echerché).

ÉTAPE 4 Siroter un petit cocktail loin de toute cette agitation.

N'hésitez pas à partager vos propres astuces sur les réseaux sociaux avec le hashtag #papachouchlemag.

Mon enfant m'aime tellement qu'il veut me voir jour ET nuit !

Papa Chouch

STRATÉGIES POUR GRIGNOTER EN DOUCE SANS SE FAIRE GRILLER

Remplacer les chips traditionnelles par des chips de carotte ou bien de courgette. Attendre qu'un enfant goûte une chips et guetter sa réaction. Une fois qu'il affiche un air dégoûté, veiller à ce qu'il avertisse les autres enfants puis remettre les « vraies » chips à leur place.

La technique la moins risquée est de prendre un apéro (verre d'alcool, cacahuètes, gâteaux apéro) pendant que les enfants sont sous la douche et de prévoir des légumes au repas en expliquant l'importance de l'équilibre alimentaire pour leur croissance.

Acheter un jouet à vos enfants et leur dire d'aller l'essayer dans leur chambre. Profiter de ce moment de calme pour manger la dernière part de gâteau. Si un enfant débarque, le soudoyer en lui offrant un bonbon. Toujours lui faire promettre de ne pas en parler aux autres en lui rappelant que ce n'est pas bien de mentir, sauf en cas d'extrême urgence, comme quand mamie demande si elle n'est pas trop vieille, ou comme maintenant.

Planquer les chocolats dans la cuisine et aller les manger un à un à intervalles réguliers. Pour ne pas attirer l'attention des enfants, toujours râler quand vous vous rendez dans la cuisine : « Il manque encore quelque chose ! Rhalala, c'est toujours à moi de me lever, et y a jamais personne pour m'aider dans cette maison. Avec tous les allers-retours que je fais, je vais garder la ligne ! »

Proposer aux enfants de faire un concours et leur dire que le gagnant aura un cadeau surprise. Pendant qu'ils se donnent à fond, les adultes regardent en mangeant les chips.

J'AI TESTÉ UNE JOURNÉE DE PARENT SOLO...

(... ET JE NE RECOMMANDE PAS !)

Quand ma conjointe m'a annoncé qu'elle passerait un samedi avec ses copines dans trois mois, je l'ai encouragée : « Mais oui, profite, ma chérie ! » Trois mois ont passé et je viens de vivre la journée la plus épuisante de ma vie. Je vous raconte !

06:20

L'aube pointe à peine que mes enfants me sautent dessus. Avant même de me dire bonjour, ils me demandent : « On fait quoi aujourd'hui ? » Malgré les années, je ne suis toujours pas prêt. Je les envoie regarder un dessin animé pendant que je me fais un café que je mélange à une boisson énergisante histoire d'avoir assez de force pour tenir la journée.

Je prépare ensuite le petit déjeuner tout en vidant le lave-vaisselle, puis je lance une machine à laver. Dans le salon, mes enfants se disputent pour savoir si la petite souris prend aussi les dents avec des caries. Il est seulement 8 heures et je me demande si je pourrai raisonnablement les coucher à 17 heures.

11:00

Pour la dixième fois consécutive, je demande à Jules et à Maé de s'habiller. Je les vois revenir tout nus en imitant un cheval qui hennit.

Las, je les ignore et je vais prendre ma douche.

Alors que je suis en train de me savonner, je suis interrompu toutes les minutes : « Papaaaa, je ne trouve pas mon caleçon Pat'Patrouille », « Il a dit que j'étais un prout », « Elle rentre quand, maman ? », « J'ai fini de faire caca ! » Je soupire, on est loin du calme du spa.

11:30

Tout le monde est prêt, nous partons pour le parc.

Au bout de cinq minutes, j'ai déjà une trottinette sur les bras alors que mon petit dernier m'a assuré : « Promis, papa, j'en ferai tout le temps ! »

Une fois sur place, je croise la présidente des parents d'élèves qui me raconte les derniers potins de l'école pendant que nos enfants respectifs se chamaillent. Sournoise, elle essaye même de me recruter dans son association en usant des plus viles flatteries. Je sais surtout qu'ils n'ont personne, donc m'avoir moi, c'est toujours mieux que rien. Je suis à deux doigts de craquer et de lui dire « oui » pour qu'elle se taise, quand la conversation s'interrompt : son fils vient nous voir en hurlant car le mien l'a bousculé. Ah ça, pendant la Seconde Guerre mondiale, on sait dans quel camp il aurait été, son fils !

12:30

Ce midi, je me lance avec ambition dans la préparation d'un repas équilibré avec des légumes. J'en suis convaincu : les enfants doivent manger sainement pour leur bon développement !

Je suis donc d'humeur combative et déterminé à ce que mes enfants daignent avaler un haricot vert ! Non, les défis ne me font pas peur. Je réussis celui-ci grâce à un allié de choc(olat) : la délicieuse mousse au chocolat prévue pour le dessert !

Combatif, oui, mais surtout stratège.

13:50

Après avoir fait la vaisselle, étendu le linge, épongé et rangé la salle de bains, puis essuyé les fesses du petit dernier, je me pose dans le canapé.

C'est confortable, doux, apaisant, comme une invitation au somm… Ces neuf secondes de calme me font un bien fou, jusqu'à ce que je reçoive un coussin en pleine tête – erreur de trajectoire de mon grand.

15:00

Deux possibilités s'offrent à moi : rester à la maison et les regarder se chamailler tout l'après-midi, ou faire une activité à l'extérieur.

Je choisis la seconde option et, pour leur faire plaisir, nous nous rendons dans une aire de jeux couverte car à la météo ils ont annoncé de la pluie. C'est un sacrifice pour mes tympans, mais au moins, les enfants vont se dépenser, et moi souffler.

À peine arrivés, ils filent à toute vitesse vers les toboggans. Seul à ma table, j'observe les autres parents : la plupart sont fatigués, certains consultent leur téléphone, d'autres essayent de communiquer en langue des signes tellement il y a de bruit.

Une femme magnifique me regarde avec insistance depuis quelques instants. Puis elle se dirige vers moi d'un pas décidé, et me susurre : « Vous êtes seul ? » Je pense qu'elle est en train de me draguer, mais pas du tout, elle cherche juste une chaise pour son mari. Puis elle me demande de surveiller ses affaires le temps d'aller le récupérer dans la piscine à balles. On se fait souvent des films quand on est un mec.

Après deux heures et demie, et la perte de 40 % de mon audition, nous rentrons à la maison.

18:00

Je prends la décision fourbe (mais efficace) de lancer un dessin animé et un apéro à 18 heures pour leur faire croire qu'il est déjà HYPEEEER TARD ! Stoïquement, je regarde pour la 353e fois leur Disney préféré, mais au moins l'ambiance est calme. Une fois le dessin animé fini, je m'exclame : « Mais il fait déjà nuit ! Allez oust, au lit ! » et, comme par miracle, les enfants se couchent et s'endorment tout de suite…

Vous rigolez ?

Je ne vis pas dans un dessin animé ! Je leur demande plutôt 10 fois de se mettre en pyjama, 20 fois de se laver les dents ; ils se relèvent ensuite 30 fois alors qu'ils devraient DOR-MIR !

Finalement, je m'écroule sur le canapé. La vaisselle s'entasse dans l'évier, elle me regarde, je la regarde, elle me regarde encore, puis je détourne les yeux.

Je m'effondre de sommeil devant un mauvais téléfilm après avoir supplié ma moitié par SMS de ne pas rentrer trop tard.

Bref, j'ai testé une journée de parent SOLO, et vous savez quoi ? c'est CREVANT !

J'ai toujours une pensée pour les parents solo : je ne sais pas où vous puisez TOUTE cette énergie mais vous avez tout mon respect. On vous appelle les parents SOLO mais s'il y a bien une chose à retenir avec les enfants, c'est que vous n'êtes jamais SEULS ! Force et courage !

WHAT'S IN MY BAG?

Enfin la rentrée des classes ! C'est avec un certain soulagement (mais aussi une légère inquiétude : ben oui, votre bébé restera toujours votre bébé) que vous abordez cette nouvelle journée : oui, deux mois de vacances avec des enfants, c'est looooong. Vous préparez leur sac mais aussi le vôtre car vous voulez être sûr de ne rien oublier.

Vous y glissez :

Des mouchoirs car, à chaque rentrée scolaire, vous lâchez une petite larme en disant entre deux sanglots : « Où sont passés mes bébés ? »

N'oubliez pas de vérifier si le mouchoir est propre avant de vous tamponner les yeux, le risque étant de finir avec des crottes de nez sur les cils ! Niveau dignité, vous repasserez.

Un cahier dans lequel vous griffonnez toutes vos bonnes résolutions : reprendre le sport, manger équilibré (non, la pizza quatre fromages n'est pas un plat équilibré), acheter de nouvelles fringues car les vôtres datent de 2006, trouver une licorne. Quitte à noter des choses dont on rêve, autant y aller à fond !

Un chargeur de téléphone. C'est malin, à force d'envoyer des messages, votre téléphone se décharge à vitesse grand V. Rien qu'à l'idée de penser qu'il n'aura bientôt plus de batterie, vous frôlez l'évanouissement !

Votre téléphone pour prendre une jolie photo d'eux devant l'école. Bon, ils refuseront sans doute de sourire (et vous demanderont de ne pas rester trop près d'eux quand même) et la photo sera mal cadrée, mais vous comptez bien la ressortir le jour de leur mariage.

D'ailleurs, vous la regardez bien trop souvent, aujourd'hui, cette photo, et vous passez la journée à envoyer des centaines de messages à vos amis parents qui vivent la même chose.

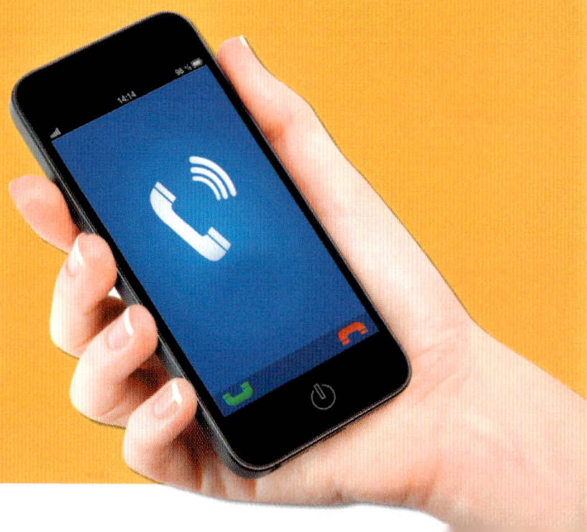

Un paquet de gâteaux. Initialement prévu pour le goûter des enfants, puis entamé, grignoté et finalement englouti par vous dans la journée : pfiou, faut vous comprendre, en même temps, tout ce stress de la rentrée.

Oh, vous leur achèterez un goûter chez le boulanger… un pour eux, un pour vous aussi : foutu pour foutu.

Vos clés de maison, pardi ! Avouez que se retrouver devant sa porte, sans clé, et devoir appeler un serrurier qui va vous facturer 400 € le déplacement, c'est ballot – même si cela fera un souvenir à raconter plus tard : « Tu te rappelles le jour où papa est devenu tout rouge quand tu lui as annoncé le prix du serrurier ? »

Votre porte-monnaie. À tout moment, vous pouvez recevoir un message de la nouvelle maîtresse d'école qui souhaite que vous achetiez « sans tarder un cahier grand format, grands carreaux, de 127 pages avec une photo du ministre de l'Éducation nationale entourée de cœurs et contrecollée sur la couverture. À apporter demain, merci ! »

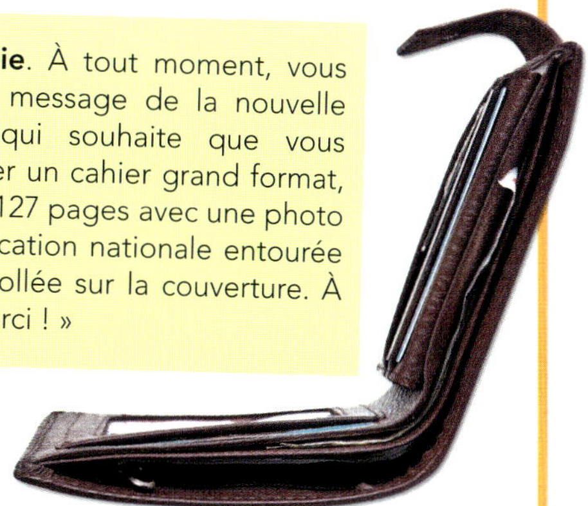

Une tablette de chocolat que vous pourrez attaquer en cas de crise d'angoisse. On vous recommande d'avoir cette crise plutôt le matin, car début septembre il fait encore chaud. Ce serait dommage qu'une flaque de chocolat fondu se répande dans le fond de votre sac.

Le caillou en forme de cœur que votre enfant vous a offert cet été lors d'une sortie au bord de la mer. Vous étiez si ému. Bon, après, le machin pèse quand même plus de 800 grammes, ceci explique sans doute vos douleurs lombaires depuis trois semaines. Il va falloir penser à le laisser à la maison.

Les tickets du manège où vous êtes allés cet été ! Ah oui, ça y est, vous vous rappelez ! Il y avait une promo pour dix tickets achetés. Bon, vous voilà maintenant à 600 kilomètres et vous n'avez pas prévu d'y retourner. Finalement, 20 euros le tour, ça fait cher !

IMPOSSIBLE DE TROUVER LE CAHIER DEMANDÉ PAR LA MAÎTRESSE ?

GRÂCE À *RENTRÉEOPTIMALE.COM*, J'AI ENFIN TROUVÉ LE CAHIER QU'IL LUI FAUT :

127 PAGES, FORMAT 16 X 19,8 CM, GRANDS CARREAUX, GRAMMAGE 174 G, SANS SPIRALE ET COUVERTURE SEMI-RIGIDE.

CHOISISSEZ LA SOLUTION OPTIMALE

AVEC RENTRÉEOPTIMALE, LA RENTRÉE DEVIENT GÉNIALE !

Et jusqu'au 10 septembre, bénéficiez d'une super promotion : pour un cahier acheté, la livraison est à 49,99 € ! N'hésitez plus !

MANDALA RÉCONFORTANT

LES GRANDS-PARENTS : ANGES OU DÉMONS ?

Vous avez cru que vos parents seraient une aide précieuse : avec leur expérience, ils pourraient vous épauler et vous soutenir quand bébé pointerait le bout de son nez. Hélas, tout ne s'est pas passé exactement comme prévu. Faisons le point !

Anges

• Votre père étant un excellent bricoleur, vous lui avez proposé d'aménager la chambre de votre futur bébé. Pour être honnête, vous avez d'abord pensé à votre conjoint mais la dernière fois qu'il a planté un clou, il a fait un trou dans le mur. Vous avez donc préféré jouer la sécurité alors que, enceinte de huit mois, vous étiez bien incapable de grimper sur un escabeau. Après des jours à faire la peinture, installer les luminaires, monter le berceau, la table à langer et la commode, vous avez découvert, émerveillée, une chambre magnifique avec tout ce qu'il faut dedans. Y compris un clou pour accrocher le futur portrait de famille. Quand il est arrivé avec un portrait de votre enfant version Picasso, vous n'avez pas osé dire non.

• Le jour où votre mère a débarqué en catastrophe pour s'occuper de votre fils qui était malade, vous l'avez regardée comme si Wonder Woman venait d'atterrir chez vous avec ses super conseils et un café bien serré ! C'est dans les moments compliqués que l'on sait sur qui on peut compter ! Mamie en fait partie, et ce n'est pas parce qu'elle engloutit systématiquement les tablettes de votre chocolat préféré que vous remettrez cela en cause !

• Vos enfants demandent à partir en vacances chez papi et mamie cet été. Vous acceptez car vous ne pouvez pas les garder deux mois à la maison. Sachant que vous êtes quand même inquiet, papi vous envoie tous les jours des photos des enfants au poney, à l'accrobranche et en train de faire les devoirs de vacances que vous aviez glissés dans la valise. Quand ils reviennent avec des poux à cause des bombes de l'équitation, des fautes dans tous les exercices du cahier de vacances et une frange (beaucoup) trop courte qui vous ferait presque espérer un reconfinement, vous avez un léger doute, mais au moins les enfants ont passé de belles vacances.

Démons

• C'est la première fois que vous présentez votre fils à vos beaux-parents. Ils sont venus à la maternité le lendemain de l'accouchement. Vous êtes épuisée après quinze heures de travail en salle d'accouchement qui se sont soldées par une césarienne, mais votre culotte post-partum et vous les accueillez quand même avec le sourire.

• Quand mamie dit avec son petit air pincé que le prénom est « original » puis qu'elle critique votre façon de tenir le bébé, les pires images défilent dans votre tête. Polie, vous continuez à sourire de toutes vos dents, mais vous vous promettez qu'elle ne verra plus le bébé avant sa majorité.

• Quand vous avez confié votre fille à papi et mamie pour un week-end, vous saviez que ce serait un peu la fête mais vous n'aviez pas imaginé qu'elle reviendrait avec un ours en peluche de deux mètres de haut, du maquillage qui n'a rien à envier à celui du clown Ça, et surtout la fameuse paire de chaussures à talons roses à paillettes pour laquelle vous lui aviez répondu : « Non, plutôt passer une nuit avec une gastro-vomito explosive. » Il va falloir mettre une ou deux choses au clair…

• Vous habitez à moins de cinq minutes du domicile de papi, une chance pour beaucoup ! Hélas, vous ne voyez pas cet avantage du même œil depuis qu'il a déclaré d'un air innocent : « Ce serait sympa de mettre en place un rituel familial. Et si vous veniez déjeuner tous les dimanches ? » Vous voilà face à un dilemme : refuser cette si aimable proposition, au risque de le vexer et qu'il ne vous rende plus jamais service, ou subir sa fameuse choucroute de la mer toujours ratée de votre jeunesse. Dur dur comme choix !

QUOI DE NEUF ?

93 %

C'est le pourcentage de parents qui avouent avoir au moins une fois fait semblant de ne pas entendre leur bébé pleurer la nuit pour laisser leur conjoint(e) s'en occuper. Les 7 % restants n'ont jamais été réveillés la nuit car ils ont des enfants trop mignons qui font leurs nuits et ne comprennent d'ailleurs pas pourquoi vous avez acheté un babyphone. Gnagnagna.

La Nuit de la parentalité

Pour la troisième année consécutive, l'association Tired Parents organise sa Nuit de la parentalité pour permettre aux parents de dormir une VRAIE nuit de 20 heures à 8 heures. Les organisateurs ont tout prévu : un lit moelleux, de la musique douce, mais surtout des nounous qui veillent sur vos enfants la nuit. Espérons que le dortoir des enfants ferme à clé !

23 kilomètres à cloche-pied

C'est la distance parcourue par cet Australien. Pourtant, rien ne prédisposait Aaron Mitchow à battre un tel record quand il s'est levé ce samedi matin. La tête dans le sac, l'homme a marché de tout son poids sur une toupie retournée. Ressentant une vive douleur lui irradiant la voûte plantaire, ce discret père de famille pousse un cri, étouffé par la peur de réveiller ses enfants... N'écoutant que son courage, il quitte son domicile à cloche-pied et, l'adrénaline aidant, il parcourt 23 kilomètres pour calmer sa douleur. Un record validé par le *Guinness Book*. Bravo à lui !

4 kilos

C'est le nombre moyen de kilos pris par les parents lors des confinements de 2020. Il faut les comprendre : être enfermé 24 heures sur 24 avec des enfants à faire des perles à repasser, de la peinture, de la pâte à sel et des coloriages de *T'choupi*, à un moment donné, on mange pour oublier !

7 ans

C'est l'âge de Roméo quand sa mère a arrêté de l'allaiter. L'allaitement long est rare en France, mais 7 ans, c'est du jamais-vu. On n'ose imaginer la tête des passants quand Roméo tétait sa mère au centre commercial pour le goûter. Marie a tenu à respecter le rythme et les besoins de son enfant jusqu'au bout. Roméo va d'ailleurs très bien. Par contre, aucune nouvelle de la poitrine de sa mère après toutes ces années.

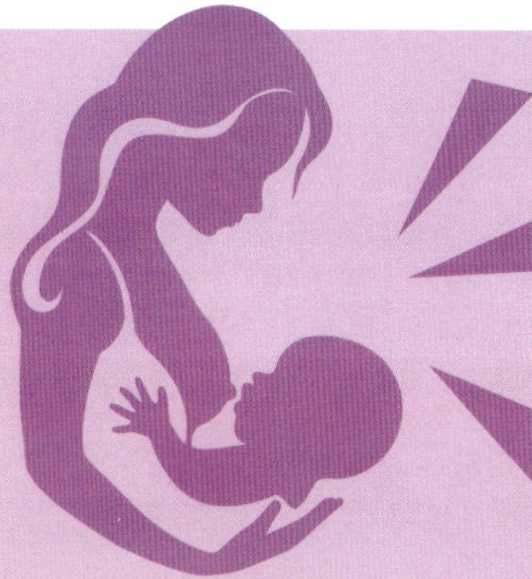

Le meilleur ami de l'homme

Cette année encore, le chien arrive en tête de liste des animaux domestiques les plus présents dans les foyers. Le chat arrive en deuxième position, ce qui est surprenant car il n'y a pas d'animal qui se moque plus ouvertement de son maître. Il râle, ne veut jamais de câlins, boude la nourriture qu'on lui propose. En fait, un chat, c'est un éternel ado.

Le poisson échoue à la troisième place et continue de remonter le classement, et on le comprend. Un être calme qui mange tout ce qu'on lui donne sans jamais faire de vagues : un rêve pour les parents.

Un p'tit déj bien chargé

C'est une drôle d'aventure qu'a vécue Isabelle, maman de Lucas et de Noam. Elle a voulu réserver une surprise de taille à ses enfants qui ADORENT les céréales CookiesChoco. Aussi, quand elle est tombée sur la promotion un méga pack acheté, deux méga packs offerts, elle a sauté sur l'occasion.

C'est en voyant le camion rempli de CookiesChoco décharger toute sa marchandise devant son domicile qu'elle a compris qu'elle avait souscrit une offre destinée aux grandes surfaces. Isabelle a donc reçu **3 680 boîtes de céréales chocolatées.**

Le pire, c'est sans doute quand ses enfants lui ont dit que finalement ils préféraient les MieloChoco. On vous souhaite bon courage, Isabelle.

La bonne décision

Xavier est l'heureux papa de Raphaël. Celui-ci joue au football depuis la rentrée et Xavier passe donc ses week-ends au bord du terrain. Lors du dernier match, il a plu, ce qui a eu le don d'exaspérer Xavier, qui a pris froid. En plus, son fils est resté sur le banc de touche pendant toute la rencontre. Bien décidé à en découdre, Xavier est allé voir l'entraîneur pour obtenir des explications. Ce dernier a alors avoué que Raphaël était incapable de taper dans le ballon et qu'il ne pouvait donc pas le faire entrer sur le terrain.

Un soulagement pour Xavier qui est complètement d'accord avec lui. Après concertation avec Raphaël, ils ont pris la décision de l'inscrire aux échecs. Fini les week-ends sous la pluie, vivement ceux au chaud avec un thé (même si Raphaël perd tout le temps aux échecs car il n'a toujours pas compris les règles).

MINUTE PSY

Chaque mois, un psy pas tout à fait comme les autres répond à vos questions.

Je viens d'être convoqué au commissariat car mon fils de 10 ans a volé un paquet de bonbons. Comment dois-je réagir ?

Réponse de notre psy :

Le fait de tester les interdits est classique chez les enfants et leur permet de se construire comme futur adulte. Après, même si on sait tout cela, lui foutre la trouille de sa vie (voire, pour les plus audacieux, la honte de sa vie) au commissariat peut aussi avoir des résultats concluants. Une fois arrivé au commissariat, n'hésitez pas à crier voire à pleurer pour attirer la compassion des policiers. Une fois dehors, faites-lui promettre de ne jamais recommencer, sous peine de l'envoyer en pensionnat. D'ailleurs, réfléchissez-y. Une semaine sans enfant, peinard, avec juste le week-end pour profiter de lui, ça se tente, non ?

Ma sœur, qui n'a pas d'enfants, n'arrête pas de me donner des conseils pour élever mon fils. Comment lui dire qu'elle doit arrêter sans me fâcher avec elle ?

Réponse de notre psy :

La stratégie à adopter est tout simplement de dire gentiment à votre sœur « d'aller se faire voir », et ce avec le sourire. Puis d'ajouter que quand elle se sera levée deux fois chaque nuit quatre semaines de suite à cause d'un cauchemar ou d'un pipi au lit, aura couru tous les soirs pour récupérer à l'heure ses enfants, négocié à chaque repas pour qu'ils mangent des légumes, elle comprendra ce que vous endurez et ne se permettra plus aucune remarque.
En attendant, pour vérifier ses capacités et son endurance, je vous propose de faire un test en lui confiant votre enfant pendant une semaine. Bien sûr, il sera beaucoup plus mignon avec elle qu'il ne l'est avec vous, mais elle aura quand même la possibilité :

1) de tester la difficulté de composer des menus équilibrés et gourmands,
2) de gérer une crise de colère au milieu d'un magasin devant le regard réprobateur des clients,
3) d'expérimenter la joie des couchers qui peuvent durer une heure alors que votre série préférée vient tout juste de commencer.

Si jamais elle gère super bien, vous aurez au moins gagné une semaine de repos. Fourbe mais efficace.

Mon mari n'arrête pas de gâter nos deux enfants alors que le dernier cadeau qu'il m'a offert, c'était un aspirateur. Comment lui faire comprendre qu'il doit arrêter ?

Réponse de notre psy :

Offrir des cadeaux à ses enfants n'est pas condamnable en soi, par contre ne pas faire la même chose avec vous est inacceptable ! Je vous conseille donc de frapper fort. La prochaine fois qu'il offre un cadeau à vos enfants, faites-lui la tête toute la soirée. S'il ne remarque rien (ce qui arrive souvent), continuez le lendemain. S'il ne percute toujours pas, dites-lui que la prochaine fois qu'il offre des cadeaux à vos enfants sans penser à vous, vous brancherez l'aspirateur tous les matins à 5 heures pour qu'il se réveille.

BONNES RÉSOLUTIONS :

ET SI ON TESTAIT LA CORDE À SAUTER (HÉ HÉ) CETTE ANNÉE ?

En cette veille de rentrée, vous avez décidé de vous prendre en main et de vous re(re-re-re)mettre au sport !

Vous avez opté pour le sport à la maison car après de nombreuses tentatives à la salle de sport pour retrouver le poids de vos 20 ans, qui se sont soldées unanimement par un « Oh, la flemme, j'irai plutôt demain », la seule chose que vous avez réussi à perdre, c'est 30 € par mois.

Puis vous êtes tombé sur cet article alléchant : « La pratique de la corde à sauter est recommandée pour le cardio et pour améliorer son endurance. Elle permet aussi de sculpter son corps car c'est un excellent brûleur de graisses. En bonus, cela permet de travailler sa posture et son équilibre. »

Appâté par la promesse d'exhumer votre corps d'antan, vous vous êtes empressé d'aller demander conseil à un prof de sport, qui vous a conforté dans ce choix. « En effet, c'est le meilleur rapport qualité-prix-transpiration. »

Mais, de la théorie à la pratique, il y a un saut à la corde que vous n'aviez pas mesuré.

Le prix

Il a raison, pour 5 € vous dénichez une corde à sauter. Un prix imbattable. Puis vous farfouillez dans le placard à la recherche d'une vieille paire de baskets. Enfin, « vieilles », vous les avez achetées il y a deux ans, mais comme vous ne les avez portées qu'une seule fois, elles sont neuves, en réalité.

La transpiration

Même constat. Vous aviez planifié dix minutes de corde pour reprendre en douceur. Au bout de deux minutes, vous ressemblez à un morse asthmatique qui transpire tellement que la sueur entre dans vos yeux et vous brûle la rétine au second degré. Alors que vous avez trouvé refuge sur le canapé, votre enfant vous demande si tout va bien. Vous hochez la tête, incapable de prononcer le moindre mot. Vous faites juste quarante minutes de pause, promis.

La qualité

Vous cherchez encore. En effet, vous passez les deux prochains jours avec des courbatures tellement douloureuses que vous avez l'impression d'avoir 90 ans. On dit que le sport est bon pour la santé, mais apparemment votre corps n'était pas au courant. Vous venez de découvrir des muscles dont vous ne soupçonniez même pas l'existence, et apparemment, eux aussi sont surpris de vous voir !

Au final, vous n'êtes pas fait pour la corde à sauter, à moins que, tout simplement, vous ne soyez pas fait pour le sport. Vous vous octroyez un break, le temps de découvrir quel sport veut bien de vous… et de vos nouveaux petits muscles.

Allez, on en reparle l'année prochaine ?

Grâce à Tranquillité, vous pourrez profiter
de cinq vraies minutes de repos dans vos toilettes
Compris dans le pack
des pièges à souris
à placer sous la porte
un verrou de porte incassable
un isolant phonique
de porte et de murs
certifié « cris d'enfants »
« Vous permettre
de vous retrouver,
telle est notre ambition. »
Tranquillité

OUVREZ-MOI VOTRE FRIGO JE VOUS DIRAI QUI VOUS ÊTES

Votre lieu de vie a changé avec l'apparition dans votre vie de petits êtres bruyants. Le frigo ne déroge pas à la règle. Pour tester votre perspicacité, mais aussi votre vue, car à votre âge il faut être vigilant, on a modifié quelques petites choses entre ces deux frigos. Saurez-vous les retrouver ?

olution page 92

L'HOROSCOPE DE VOS ENFANTS :

VOUS ALLEZ ENFIN SAVOIR CE QUI VOUS ATTEND !

♈ Bélier

Enfant très sportif qui adore courir, sauter, danser. Il est hyper indépendant, tellement indépendant qu'il aura du mal à trouver la perle rare. Attendez-vous à le garder à la maison jusqu'à ses 37 ans.

♉ Taureau

L'enfant Taureau est extrêmement possessif, il aura tendance à s'approprier les objets comme les personnes. Il réglera son complexe d'Œdipe vers 12 ans… enfin, si vous avez de la chance.

♊ Gémeaux

Enfant en perpétuelle recherche de savoir et de connaissances. Chez lui, la période des « pourquoi ? » durera quatorze ans. Ses questions vous épuisent, mais rassurez-vous, sa facilité à nouer des liens avec les autres le conduira à leur poser plein de questions, comme : « Pourquoi mes parents ne répondent jamais à mes questions ? », ou : « Pourquoi ma mère soupire à chacune de mes paroles ? »

♋ Cancer

De nature discrète, l'enfant Cancer est un bonheur pour ses parents. Préférant volontiers les jeux calmes, il est un adepte des activités manuelles, ce qui vous obligera à devenir un expert en mosaïque, mais aussi en nettoyage quand il exprimera sa créativité sur les murs.

♌ Lion

Sympathique mais aussi très actif, l'enfant Lion aime se montrer et être au centre de l'attention, ce qui implique que vous serez souvent convoqué chez le directeur, par exemple quand il aura fait rire toute la classe en gagnant un concours de pets.

♍ Vierge

L'enfant Vierge est casanier et discret, le rêve pour tous les parents qui ont des tornades à la maison – sauf quand vous l'avez oublié le jour du départ en vacances car il jouait dans sa chambre sans faire de bruit. Très fidèle, il est convaincu qu'il fera sa vie avec son premier amour : belle, douce, sportive comme lui, et qui le comprend d'un simple regard… À vous de lui expliquer qu'il est rare que cela arrive, notamment parce qu'il s'agit de votre golden retriever.

♒ Verseau

Le petit Verseau veut se débrouiller tout seul très tôt, ce qui entraînera souvent des situations salissantes. Nous pensons aux repas ou à l'apprentissage de la propreté, quand à 10 mois il refusera de porter des couches. Il a aussi tendance à parler beaucoup, à écouter peu et déteste avoir tort, un peu comme votre belle-mère.

♎ Balance

Enfant facile à vivre mais qui a de grandes difficultés à prendre des décisions. Cela vous obligera à patienter vingt minutes avant de connaître le choix du parfum de sa glace. Un autre trait de caractère est sa sainte horreur à l'idée de faire le ménage. Comme tous les enfants, vous me direz, c'est vrai, mais lui est capable d'utiliser son argent de poche pour payer une femme de ménage.

♏ Scorpion

Pas le plus facile des enfants, car sous des dehors mignons tout plein, le Scorpion est aussi déterminé que rancunier. Il aime défier l'autorité, et je vous recommande de vous inscrire dès maintenant à des cours de yoga-relaxation, car à chaque fois que vous le réprimanderez, il se vengera. Oui, comme le jour où il a vomi sur le chat parce que vous avez refusé de lui donner un bonbon !

♐ Sagittaire

D'un naturel optimiste, l'enfant Sagittaire voit la vie en rose. Il ne s'inquiète jamais, même s'il a de mauvaises notes à l'école. Il est aussi naïf que manipulable, ce qui vous obligera à lui expliquer que non, on ne peut pas se retrouver en slip en pleine rue parce qu'on a donné son pantalon à son copain qui voulait l'essayer.

♑ Capricorne

Très exigeant avec son entourage, l'enfant Capricorne est capable de renvoyer son assiette de pâtes si elles ne sont pas *al dente*. Son côté sérieux sera renforcé par son souhait de porter des lunettes même si sa vue est parfaite. Il a la grande qualité d'être hyper organisé, il préparera donc vos vacances d'été très tôt afin de limiter vos dépenses. Grâce à sa prévoyance, vous pourrez vous détendre dans un super camping au cœur de la zone industrielle du Havre ! 50 % de réduction en réservant six mois à l'avance, ça ne se refuse pas !

♓ Poissons

Il vous adore et ne peut pas se passer de vous. Touchant au début, plus pénible quand il a 10 ans et ne veut pas vous quitter, même aux toilettes. Il a aussi un petit côté déluré que vous aviez déjà identifié quand il se mettait à courir tout nu dans la maison au moment du bain. Heureusement, il ne le fait pas dans la rue, sinon vous seriez souvent convoqué au commissariat pour exhibitionnisme. Soyez vigilant pour plus tard.

Ma vie était
tranquille, j´ai donc
décidé de la pimenter
avec des enfants.
Le truc, c´est que l´on
ne connaît JAMAIS
la puissance
du piment.

Papa Chouch

ON A AUSSI PENSÉ AUX ENFANTS !

JEUX À DÉCOUPER

Voici des petits jeux pour amuser vos enfants pendant que vous sirotez votre 23e café de la matinée.

JEU DES DIFFÉRENCES

Trouve les sept différences entre ces deux images :

Solution page 93

LE LABYRINTHE INFERNAL

Aide papa à retrouver la tétine de son enfant.

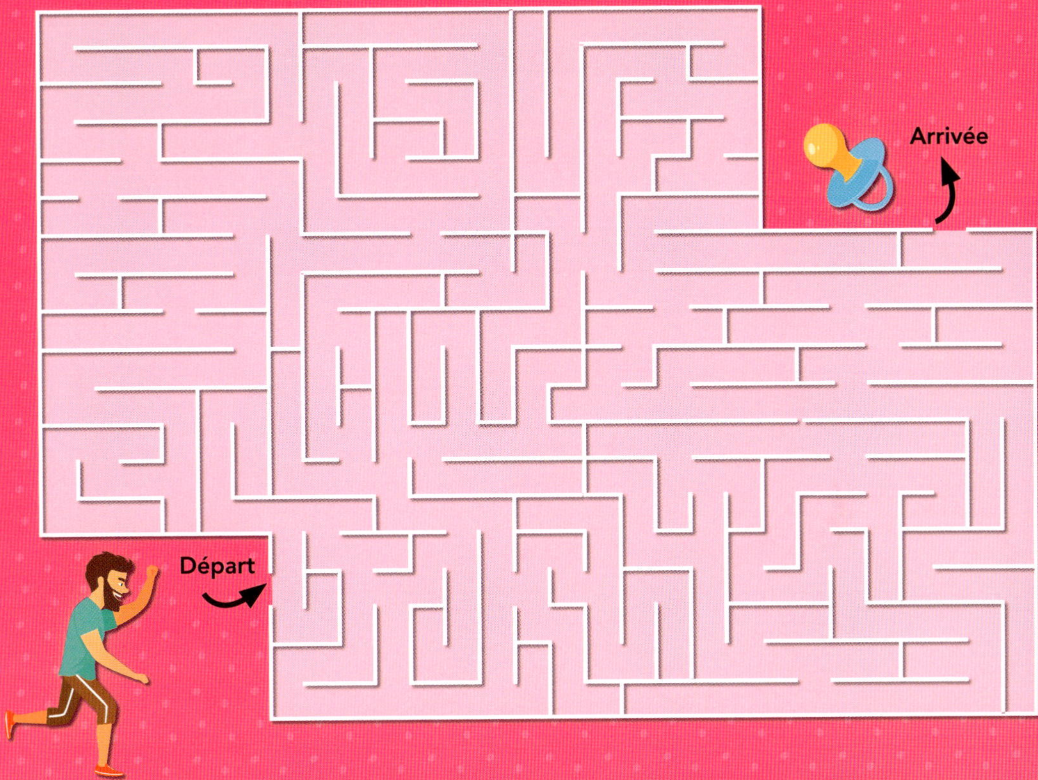

SUDOKU

Complète ces sudokus, en veillant à ce que les symboles n'apparaissent qu'une seule fois sur chaque ligne et dans chaque colonne.

Solutions page 93

CHERCHE ET TROUVE

Cherche et trouve le petit poussin dans cette image :

Solution page 93

Vous recherchez une activité extrascolaire passionnante pour votre enfant ?

(ou juste une heure de pause pour souffler)

Inscrivez-le à nos cours de dessin.

Les enfants apprennent à tenir un crayon, à dessiner des objets, des animaux, ou juste à faire des traits, le tout dans une ambiance relaxante et rassurante.

Pour un investissement minime, vous pouvez faire de votre enfant le futur talent des arts plastiques. Pensez-y ! Ses dessins pourraient se vendre des millions et payer votre retraite aux Bahamas.

LE GÂTEAU CHOCO INRATABLE

(ENFIN, SAUF SI VOS ENFANTS RENVERSENT LA PRÉPARATION)

Temps

10 min de préparation
+ 25 min de cuisson
+ 40 min de nettoyage
+ 15 min car l'un de vos enfants boude et ne veut plus faire le gâteau !

Conseils (pour parents tête en l'air)

N'oubliez pas de sortir la grille juste avant d'allumer le four, sinon, quand vous voudrez déposer le gâteau dessus, elle sera trop chaude et vous allez galérer pour l'enfourner.

Ingrédients (pour 6 personnes)

200 g de chocolat pâtissier (prévoyez une tablette en plus pour vos enfants car ils vont vouloir en manger)

100 g de beurre + une noisette de beurre pour le moule

3 œufs (prévoyez 3 autres œufs au cas où ; enfin, vous connaissez vos enfants…)

50 g de farine

100 g de sucre en poudre (oui, en poudre, car cela risque d'être long de frotter des petits morceaux de sucre les uns contre les autres pour obtenir de la poudre)

Déroulement

Préchauffez votre four à 180 °C.

Pesez tous les ingrédients au préalable. Ce sera une bonne occasion de vérifier si vos enfants ont progressé en calcul.

Faites fondre le chocolat et le beurre dans une casserole à feu doux. Découpez le chocolat et le beurre en petits morceaux au préalable pour éviter que vos enfants ne finissent par s'impatienter et ne commencent une bataille de farine.

Pour gagner du temps, vous pouvez aussi faire fondre le chocolat et le beurre au micro-ondes en veillant toutefois à ce que le mélange n'explose pas, sinon le temps gagné sera perdu en nettoyage.

Dans un saladier, cassez les œufs, enlevez les coquilles que les enfants auront laissées tomber, et commencez à les battre avec un fouet (les œufs, pas les enfants, hein, on ne veut pas d'ennuis, nous).

Ajoutez le sucre, battez de nouveau. Dites à vos enfants que « NON, ils ne peuvent pas lécher le fouet car la recette n'est pas terminée ».

Ajoutez la farine, mélangez avec une cuillère. Dites à vos enfants que « NON, ils ne peuvent pas lécher la cuillère car la recette n'est pas terminée ».

Incorporez le chocolat et le beurre fondu, mélangez avec la même cuillère car c'est vous qui allez vous coltiner la vaisselle. Dites à vos enfants que « NON, ils ne peuvent toujours pas lécher la cuillère car la recette n'est toujours pas terminée ».

Beurrez et farinez le moule.

Si le petit dernier vient d'éternuer dans la préparation, recommencez les étapes précédentes, ou faites semblant de n'avoir rien vu. En même temps, ce serait dommage de gâcher !

Versez la préparation dans le moule.

Enfournez 25 min. Pendant que le gâteau cuit, profitez de ce temps pour regarder vos enfants se disputer car « Papaaaa, il lèche tout le plat et ne me laisse rien » ou « Il vient de me piquer le fouet alors que c'était à moi de goûter ».

Installez les enfants devant la vitre du four pour bénéficier de quelques minutes de calme. Attendez qu'ils se chamaillent.

Perdez patience et menacez-les vainement : « Si ça continue, vous n'aurez rien à manger ! » puis commencez à débarrasser les ustensiles et à les nettoyer.

Sortez le gâteau du four et vérifiez qu'il est bien cuit en plantant un couteau dedans. Dans le gâteau, le couteau…

Laissez refroidir le gâteau avant d'en donner un morceau à vos enfants. Même s'ils vous harcèlent depuis cinq bonnes minutes pour en manger, vous tenez à rester un parent responsable qui ne veut pas que ses enfants se brûlent la langue.

Bon appétit !

Mon enfant est
le soleil de ma vie.
Son sourire illumine mon
visage et sa présence
réchauffe mon cœur.
Mais parfois, comme
le soleil, il me chauffe trop,
je deviens rouge et j'ai
mal à la tête !

Papa Chouch

PARENTS
EN POSITION DE LUTTE POUR SURVIVRE
TEST PSYCHO
VOTRE ENFANT EST-IL UN TUEUR EN SÉRIE ?
VIS MA VIE
JE REGRETTE D'AVOIR EU UN ENFANT, JE PRÉFÈRE DORMIR LA NUIT
ENQUÊTE
QUE FAIRE DES DESSINS (MOCHES) DE NOS ENFANTS ?
DIVERSIFICATION
LE MAROILLES, LA GOURMANDISE DES PETITS
TOP 10 DES MEILLEURES TROTTINETTES À PORTER SOI-MÊME

SOLUTIONS DES JEUX

P. 48

C	O	N	F	I	N	E	M	E	N	T	R	E	V
A	Z	M	E	N	T	Y	U	I	O	R	P	N	I
B	Q	A	S	S	D	D	F	R	G	I	D	G	S
O	H	L	J	O	K	I	L	E	M	P	E	U	I
U	W	A	X	M	C	V	V	T	S	L	V	E	O
D	V	D	B	N	N	O	A	A	O	É	O	U	C
E	O	I	Z	I	E	R	R	R	S	S	I	L	O
R	M	E	T	E	Y	C	U	D	I	O	R	A	N
P	I	Q	S	D	F	E	G	H	J	K	S	D	F
L	C	A	U	C	H	E	M	A	R	M	W	E	É
C	V	B	N	A	G	A	S	T	R	O	E	Z	R
E	N	C	E	I	N	T	E	R	T	Y	U	I	E
Q	S	É	P	A	R	A	T	I	O	N	S	D	N
T	É	L	É	T	R	A	V	A	I	L	G	H	C
C	V	D	É	P	R	E	S	S	I	O	N	B	E

P. 79

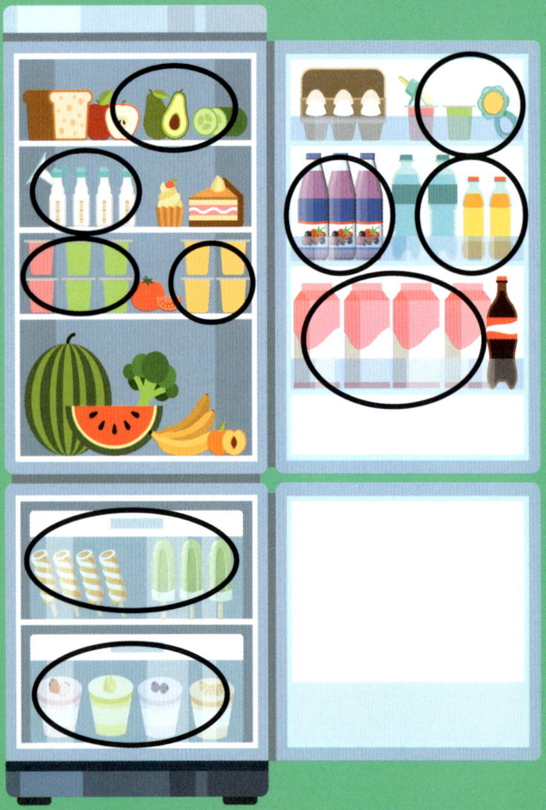

P. 84

Qu'est-ce que tu dis, mon(ma) chéri(e) ?
Tu ne trouves pas les sept différences ?
Tu es sûr(e) ? Cherche encore un peu.

Ah, toujours pas ? Laisse-moi regarder.

Ah oui, il n'y a que deux différences.

Non mais vraiment, l'auteur a dû faire une erreur. Tu as raison, c'est inadmissible : je vais d'ailleurs lui écrire.

Envoyez vos doléances et réclamations à :
Éditions First, un département d'Edi8
À l'attention de Papa Chouch
92, avenue de France
75013 Paris

N'hésitez pas à partager vos propres astuces pour souffler cinq minutes avec le hashtag #papachouchlemag

P. 85-86

Aucun jeu ne débouche sur une sortie ou n'a de solution, vous pouvez ainsi bénéficier de quelques minutes de repos. Ne me remerciez pas, c'est cadeau !

Fondateur de la page Facebook du même nom, Papa Chouch est également auteur de livres pour les parents et pour les enfants (*Le lion qui avait perdu sa queue*, *Le castor qui rêvait d'avoir un ami*). Il a développé un jeu familial, *Chouch ou pas Chouch ?* aux éditions First. Il est confondateur de la maison d'édition jeunesse Yo Éditions.

Vous pouvez le retrouver :

sur Facebook : Papa Chouch

sur Instagram : @papachouch

Remerciements

Comme c'est la première version de ce livre-magazine, l'équipe (donc moi) voudrait remercier les personnes suivantes :

La meilleure communauté de France, celle de Papa Chouch, aussi bien sur Instagram que sur Facebook. Sans vous, je serais encore en train d'écrire dans mon coin sans être lu. Vous m'avez donné mon plus gros fou rire de 2021 en me racontant les pires choses que vos enfants vous ont dites ! J'ai dû changer ma protection urinaire pour homme trois fois tellement c'était drôle !

Ma femme, la meilleure compagne possible, et je continue de le penser même si on vient de passer un an en télétravail ensemble. VIVEMENT que TOUT le MONDE retourne au TRAVAIL et me laisse SEUL à la maison !

Mes enfants, Jules et Maé, qui sont toujours un soutien... enfin sauf quand il s'agit de ranger l'appartement, de faire les devoirs sans pouffer, de me laisser dormir, de ranger les courses, de nettoyer leur chambre, de me laisser dormir, de sortir le chien, de faire leur lit, de s'habiller seuls, de ne pas me faire répéter dix fois la même chose, de me laisser dormir, de mettre la table, de passer vingt fois la même chanson, d'aller prendre leur bain du premier coup, de me laisser dormir... mais sinon ils sont d'un réel soutien !

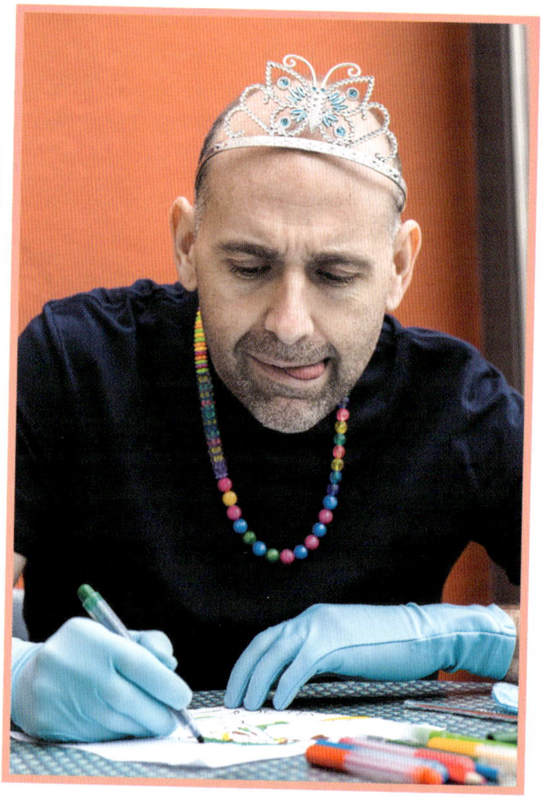

Le groupe **les coulisses de Papa Chouch**, qui est toujours dur avec moi mais qui me permet de sortir des livres au TOP ! Sauf Martine qui, en plus, ne rapporte pas d'alcool quand on se voit. Selon elle, il ne faut pas trop boire : on ne sait jamais, les enfants pourraient se réveiller la nuit et avoir besoin de nous. Mais Martine : si on est bourrés, on ne les entendra pas et ils trouveront eux-mêmes une solution !

Monsieur Nounou, Yannick Vicente, Muriel Herbert qui ont contribué à ce livre-magazine avec leurs textes et dessins. J'avais peur qu'ils soient plus drôles que moi (et il faut avouer qu'ils le sont). J'espère qu'ils auront bientôt leur propre livre-magazine dans lequel je participerai avec un texte moyen.

Marie, mon éditrice, qui est la seule au monde à me dire que j'écris des choses pas du tout drôles ! Tout le monde me trouve super sauf elle, donc quand j'obtiens un ou deux « Pas mal », je sais que c'est le GRAAL ! Je ne désespère pas de devenir drôle un jour pour elle.

Annie, notre correctrice de choc, qui nous accompagne avec rigueur et intelligence sur nos livres.

Enfin, **merci à tous ceux qui vont lire ce livre !** Que vous l'ayez acheté ou emprunté, peu importe (même si c'est mieux de l'acheter) : j'espère que vous avez passé un bon moment. N'hésitez pas à le recommander et à l'offrir à vos amis et/ou à vos parents. J'ai encore des idées pour écrire un tome II mais mon éditeur, **FIRST**, attend de voir s'ils vont réussir à vendre suffisamment d'exemplaires du tome I avant de me donner leur accord. Le tome II dépend donc de vous !

La bise.

Papa Chouch

p. 11 Extrait de la chanson de la série *Oui-Oui du pays des jouets*. D'après *Noddy's Toyland Adventures* d'Enid Blyton ; musique originale composée et interprétée par Paul K. Joyce ; diffusée sur la BBC entre 1992 et 2000 ; Cosgrove-Hall Productions. Adaptation française : Marie-Cécile Canneva ; interprète du générique : Amélie Morin ; diffusée sur France 3 dans l'émission *Bonjour Babar* à partir de 1992.

Crédits photographiques

Les images suivantes sont extraites du site www.shutterstock.com

Couverture : maradon 333 ; Katrina Elena ; Manhattan001 ; PriceM ; Leremy ; neff

p. 8 diplomedia ; Manhattan001 ; Nutlegal Photographer / p. 9 Ilya Andriyanov ; Roberts Photography / p. 10 volkovslava / p. 10-11 Golden Sikorka / p. 11 allme / p. 12 s_oleg / p. 13 Pinkasevich / p. 14 esthermm ; Krakenimages.com / p. 16 VectorUpStudio / p. 18-19 Flas100 / p. 17 TMvectorart / p. 18 Tatiana Bobkova / p. 19 F. JIMENEZ MECA / p. 20 Kwok Design / p. 22 ImageFlow / p. 23 Mix and Match Studio ; rangizzz ; Jakub Krechowicz / p. 24 grey_and ; Krakenimages.com ; evaurban / p. 25 Jeff Stamer ; Iqbal M Sanjib / p. 26 Lopolo / p. 27 eldar nurkovic / p. 28 JGA ; PriceM / p. 30-31 Ecelop ; Leremy / p. 30 Tverdokhlib / p. 31 maradon 333 ; Prostock-studio / p. 32 Andrii Yalanskyi / p. 33 VAKS-Stock Agency / p. 34 Frank Fichtmueller / p. 36 Poravute Siriphiroon ; ZR10 / p. 37 ViDI Studio / p. 38 Lucky Business / p. 39 Inna Kot / p. 42 Asier Romero ; Zynatis / p. 43 Alex_Alekseev ; William Potter ; Krakenimages.com / p. 44 Ingrid Balabanova / p. 44-45 trendysense ; Andrei Mayatnik / p. 46 Ljupco Smokovski ; xpixel / p. 48 Yuliia D / p. 50 NaturePhotography ; Sonsedska Yuliia / p. 51 Cherries ; Spalnic / p. 52 Miss_Alex / p. 54 GCapture ; Picsfive ; nikkytok / p. 56 Rohappy ; Svetlana Satsiuk / p. 57 Katrina Elena ; Zoia Kostina / p. 58 Radmila ; WAYHOME studio ; Lopolo ; Elena Nichizhenova / p. 59 Sashkin ; Stokkete ; Ollyy / p. 60 kurhan ; baitong333 ; Fosin ; RealVector / p. 63 Tiger Images ; JeniFoto ; Maxim Ermolenko ; Nataly Studio ; gowithstock / p. 65 Riccardo Mayer / p. 66 Peter Vanco ; Kheylyk Vadim ; DenPhotos / p. 67 Eivaisla ; Krzycho ; Smiltena ; kocetoiliev / p. 68 Photo Melon ; Nicoleta Ionescu ; Kues / p. 69 Katika ; Daniela Latysheva ; SunnyColoring / p. 70 Evgeny Atamanenko / p. 71 wavebreakmedia / p. 70-71 neff / p. 72 fizkes ; Dean Drobot / p. 73 Master1305 ; Shanvood / p. 74 ilyackw ; DenisProduction.com ; Prokrida / p. 75 Asier Romero ; Vitalinka / p. 78 HomeArt / p. 79 YummyBuum / p. 81 Dontree_M / p. 83 Rose Carson / p. 84 NotionPic / p. 86 Lyudmyla Kharlamova / p. 87 Alex Ruhl ; Andrey_Kuzmin / p. 91 Sidorova Vera ; Red orange / p. 94-95 zorina_larisa.